DREAMBOOKS★

DREAMBOOKS★

환생왕

ORIENTAL FANTASY STORY & ADVENTURE

요도 김남재 신무협 장편소설

★
dream
books
드림북스

환생왕 5

초판 1쇄 인쇄 2020년 1월 17일
초판 1쇄 발행 2020년 2월 4일

지은이 요도 김남재
발행인 오영배
편집 편집부
일러스트 나래
표지 · 본문 디자인 오정인
제작 조하늬

펴낸곳 (주)삼양출판사 · 드림북스
주소 서울시 강북구 도봉로 173
대표 전화 02-980-2112 팩스 02-983-0660
편집부 전화 02-987-9393 팩스 02-980-2115
블로그 blog.naver.com/dreambookss
출판등록 1999년 3월 11일 제9-00046호

© 요도 김남재, 2020

ISBN 979-11-283-9758-5 (04810) / 979-11-283-9753-0 (세트)

드림북스는 (주)삼양출판사의 판타지 · 무협 문학 브랜드입니다.

목차

1장. 청아원 — 네가 활약할 시간이야　　007

2장. 춘몽(春夢) — 다행이네　　043

3장. 확신 — 투입할 수 없습니다　　077

4장. 사해도 — 저 안에 숨지　　109

5장. 내부 조사 — 두 번째가　　137

6장. 흑마신 — 이제야 안 거야　　173

7장. 천인혼 — 다시 한 번 생각해 보라고　　207

8장. 인과응보 — 그건 무리야　　243

9장. 자모충 — 적이다　　279

10장. 암습 — 안 될 것 같죠　　311

1장. 청아원
― 네가 활약할 시간이야

반 시진 전.

한창 바쁜 시간이니 만큼 청아원의 부총관인 추경 또한 눈코 뜰 새 없이 바빴다. 그렇게 바삐 움직이던 도중 그가 일하고 있는 안채로 일련의 무리가 찾아왔다.

"부원장님, 안에 계십니까?"

"뭔가?"

"손님이 찾아오셨습니다."

"손님?"

"예, 원장님을 뵙고 싶다고 하셔서요. 그래서 부원장님께 우선 모시고 왔습니다."

원장을 보러 왔다는 말에 추경은 하던 일을 멈추고 성큼 걸어 나왔다. 바깥에는 이곳 청아원의 잡일을 도맡아 하는 사내 하나가 처음 보는 일행들과 함께 자리하고 있었다.

사내 셋에 여인 하나로 구성된 인원.

그들의 정체는 바로 천무진 일행이었다.

의심스러운 청아원 내부를 살피기 위해 이들은 공식적으로 모습을 드러내는 방법을 선택했다.

은밀하게 잠입을 하는 방법도 있었지만, 원장이라는 자와도 만나 보고 싶었기에, 가짜 신분을 이용해 아예 직접 방문을 한 것이다.

훤칠하고 아름다운 천무진과 백아린을 보며 추경은 내심 속으로 혀를 내둘렀다.

허나 이내 그는 놀라움을 추스르고 땀을 손등으로 닦아 내며 입을 열었다.

"어휴, 죄송합니다만 지금이 워낙 바쁜 시간이라 방문 일정을 잡으신 것이 아니라면 추후에 다시 약속을 잡으시고 오시는 게……."

"후원인을 구한다고 들었습니다."

후원이라는 말에 추경은 귀를 쫑긋 세웠다.

지금 자신의 상관인 두예진의 기분이 좋지 않다는 걸 알고 있기에, 괜한 불똥이 튀지 않게 찾아온 손님들을 돌려보

내려던 추경이다.

하지만 후원인이라면 이야기는 달라진다.

추경이 서둘러 고개를 끄덕이며 말했다.

"그러시군요. 그럼 원장님께 말씀은 드려 보겠습니다. 우선 절 따라오시죠."

말과 함께 추경은 천무진 일행을 데리고 청아원 내부를 걷기 시작했다.

청아원.

많은 고아들이 지낸다는 고아원답게 그 크기나 시설은 꽤 괜찮아 보였다. 그런데 신기하게도 이 고아원은 흡사 커다란 장원의 형태를 띠고 있었다.

워낙 많은 고아들이 지내는 장소라 그런지 커다란 담장에 곳곳에 있는 수십 개의 전각까지. 창고도 꽤나 많아 생각보다 많은 물건들을 쌓아 놓을 수 있는 내부 구조를 지닌 모양새였다.

천무진뿐 아니라 나머지 세 사람까지 모두가 추경의 뒤를 따르는 척하며 연신 주변의 모습들을 눈에 새겼다.

점심시간이 다소 지난 시각.

고아원의 아이들이 신이 나서 뛰어다니거나 함께 모여서 노는 모습들이 곳곳에서 눈에 들어왔다.

백아린이 일부러 말을 걸었다.

"아이들이 참 순해 보이네요."

"그렇지요? 저희 청아원에 있는 아이들 모두가 참 착하고 좋은 녀석들이랍니다. 하하."

웃으며 말하는 추경의 뒷모습을 바라보는 백아린의 눈빛이 묘했다.

과연 지금 저 말이 진심일까?

아니면…… 인두겁을 쓴 악마의 입에 발린 거짓말일까.

후자라면 정말 끔찍한 일이 아닐 수 없었다.

저런 웃는 말투로 아이들을 칭찬하는 자가 사실은 고아들을 납치하고, 또 실험의 대상으로 삼아 대는 자일지도 모른다고 상상하니 구역질이 치밀었다.

백아린이 애써 그런 감정을 조절하고 있을 때 앞장서서 걷던 추경이 슬쩍 떠보듯 물었다.

"아, 혹시 후원금은 어느 정도를 생각하시는지……."

"뭐 정확한 금액이라기보다는 매달 이 정도 생각하고 있습니다."

말과 함께 천무진은 준비해 온 주머니를 슬쩍 열어 보였다. 그리고 그 안에 가득 차 있는 은을 보는 순간 추경의 눈동자가 당장이라도 쏟아져 나올 것처럼 커졌다.

그가 더듬거리며 말했다.

"매, 매달 그 정도 금액을 말입니까?"

"왜요? 적습니까?"

"그, 그럴 리가요! 충분합니다. 하하, 아이들에게 참 좋은 일이군요."

천무진이 내보인 금액은 이 청아원의 한 달 유지비와 맞먹을 정도였다.

그런 금액을 매달 지원해 준다?

실로 어마어마한 일이었다.

'원장님께 빨리 알려야겠군!'

이건 절대 놓쳐선 안 될 기회라고 여긴 추경이 마른 입술을 깨물며 걷는 속도를 올렸다.

빠르게 목적지에 도착한 그는 비어 있는 원장실로 일행을 안내했다.

방에 들어간 천무진이 가볍게 주변을 스윽 둘러보고는 말했다.

"원장님이 안 계시는군요. 오늘 못 뵙는 겁니까?"

"아닙니다. 지금 용무가 있으셔서 잠시 다른 곳에 계신데 제가 곧바로 모셔 오도록 하겠습니다. 여기서 편히 쉬고 계시지요. 차를 올리겠습니다."

"아닙니다. 차는 괜찮습니다."

말과 함께 천무진은 비어 있는 의자에 앉았고, 그의 옆에 백아린이 나란히 자리했다. 두 사람의 모습을 보며 추경이

급히 입을 열었다.

"그럼 조금만 기다려 주십시오. 곧 오겠습니다."

혹여나 이들이 떠날까 봐 염려되었는지 말과 함께 추경은 급히 원장실에서 모습을 감췄다.

그렇게 그가 사라지고 조금의 시간이 지났을 때였다.

"파아. 무게 잡고 있는 건 역시 힘들군요."

뒤편에서 입을 꾹 닫은 채로 진지한 척 서 있던 한천이 힘들다는 듯 의자에 기대어 섰다.

그는 어느새 평소의 능글맞은 미소를 머금은 얼굴이었다.

백아린이 말했다.

"오면서 내부의 건물과 구조, 확인들 했죠? 이따가 추가적으로 조금 더 살필 때도 어딘가 이상한 장소가 있으면 따로 생각해 뒀다가 나중에 말해 줘요."

지금 제일 급한 건 이들이 과연 자신들이 의심하고 있는 그들과 연관되어 있는 게 맞는지에 대한 진위 여부다.

그리고 만약에 그렇다면 납치된 아이들은 이곳 어디에 있단 말인가?

분명 오는 길에 보아 왔던 그 아이들은 갇혀 있다는 느낌은 아니었다.

이곳은 나라에서까지 지원하는 큰 고아원이다.

대놓고 고아로 들어온 아이들을 팔아넘겼다면 여태까지 무사히 운영을 할 수 있을 리가 없다.

만약에 정말로 이곳 청아원이 그들과 관련된 곳이라면, 넘겨야 할 아이들은 따로 관리하고 있을 것이 분명했다.

방금 전 오면서 보아 왔던 그런 아이들과는 조금 다르게 말이다.

천무진이 작게 말했다.

"내부 구조가 조금 특이하긴 하던데……."

"맞아요. 고아원이라기보다는 일반적인 세가나 상단의 구조를 하고 있더군요."

백아린이 품 안에 가지고 있던 종이 뭉치를 꺼냈다.

여덟 장의 그림.

이건 다름 아닌 정보를 전해 주었던 노점의 노인을 통해 전해 들은 아이들의 얼굴이었다. 물론 잠깐 보았고, 설명만 듣고 그린 그림이다 보니 모자랄 것은 분명하다.

하지만 최대한 특징을 살려 두었으니, 어쩌면 이 중 하나 정도는 알아볼 수도 있었다.

백아린이 그림을 넘기며 말했다.

"시간 남으니까 그림들 다시 한 번 확인하죠. 혹시나 오는 길에 비슷한 얼굴을 본 적은 없는지 생각해 봐요. 그리고 나갈 때까지 계속 긴장을 놓아도 안 돼요."

어린아이 얼굴이 그려진 초상화를 보며 단엽이 투덜거렸다.

"젠장, 이걸로 뭘 어떻게 알아봐. 바로 코앞에 있어도 모르겠는데."

단엽이 투덜거릴 정도로 초상화는 간단했다.

하지만 단서가 모자란 지금 이 초상화는 천무진 일행에게 확신을 가져다 줄 최고의 증거품이 될 수 있었다.

다시금 여덟 명의 초상화를 빠르게 돌려 본 이후 백아린은 그 그림들을 다시금 품 안에 넣었다.

그때 한천이 입을 열었다.

"그나저나 여기 원장이라는 사람 인품이 그렇게 좋다고 소문이 자자하던데 말이죠."

이미 이곳 청아원에 오기 전에 어느 정도의 조사는 끝나 있었다. 언제 만들어졌는지, 어떻게 운영이 되는지도 최대한 알아봤다.

그리고 그 안에는 당연히 이곳 청아원의 원장인 두예진에 관한 것도 있었다.

이곳 합포 인근에서 그녀의 인품은 꽤나 훌륭하다고 소문이 자자했다.

한천의 말에 단엽이 답했다.

"그게 진짜 얼굴인지, 가면인지가 문제겠지."

"거참…… 어떻게 되든 씁쓸한 결말일 것 같아서 기분이 좀 그렇군요."

이곳 청아원의 원장인 두예진이라는 인물이 자신들이 찾는 그들과 관련되어 있어도, 반대로 그렇지 않아도 그리 유쾌한 결말은 아닐 것이다.

결론적으로 자신이 찾는 이들이 맞다면 이곳에 있는 고아들은 피해를 입을 수밖에 없기 때문이다.

물론 그렇다고 해서 그 같은 말도 안 되는 악행을 저지르는 이들의 손에 아이들을 계속 맡겨 둘 생각은 없었지만.

잠시 자그마한 목소리로 이야기를 나누던 이들은 이내 입을 닫았다.

멀리에서부터 들려오는 인기척을 느꼈기 때문이다.

그리고 이내 그 인기척의 주인이 모습을 드러냈다.

예상대로 상대는 바로 이곳 청아원의 원장, 두예진이었다.

문을 열고 나타난 그녀의 표정은 잔뜩 상기되어 있었다.

천무진은 빠르게 상대의 겉모습을 살폈다.

소문대로 사람 좋아 보이는 미소가 무척이나 인상적이었다. 허나 겉모습으로만 사람을 판단할 정도로 어수룩한 자는 지금 이 방 안에 아무도 없었다.

"어머, 후원자분이 오셨다고 들어서 어느 정도 나이가 있으신 분들일 거라 생각했는데…… 이렇게 젊으신 분들일 줄은 몰랐어요. 청아원의 원장, 두예진이라고 합니다."

천무진이 자리에서 일어나며 준비했던 인사를 건넸다.

"반갑습니다. 저는 무진이라고 합니다. 그리고 이쪽은……."

시선을 백아린에게 주며 천무진이 말을 이었다.

"제 안사람입니다."

안사람이라며 소개하는 천무진의 말에 백아린은 순간 움찔할 수밖에 없었다.

지금 자신들이 부부 연기를 하고 있는 건 사실이니 이상할 건 없었지만, 이상하게 그 한마디가 묘한 기분이 들게 만들었다.

그렇지만 그런 감상에 젖어 있을 상황은 아니었다.

서둘러 정신을 추스른 백아린이 입을 열었다.

"뵙게 돼서 반가워요. 원장님."

"너무 아름다우신 분이군요. 거기다 아이들을 위하는 따뜻한 마음까지 가지시고 정말 대단하세요."

"과찬이세요. 이렇게 훌륭하게 고아원을 운영하시는 원장님도 계신데요."

"저야 뭐…… 아이들이 자라는 걸 보는 게 삶의 보람이죠."

방금 전까지 아이들의 목소리를 듣는 것만으로도 짜증을 토해 내던 사람의 입에서 나온 것이라고는 믿어지지 않는 말이었다.

맘에도 없는 소리를 먼저 내뱉은 두예진이 이내 본론으로 들어가기 위해 다시금 입을 열었다.

"실례가 아니라면 뭐 하시는 분인지 여쭈어봐도 될까요? 꽤 큰 후원을 해 주신다고 들어서요."

"전장 하나를 운영하고 있습니다."

"젊으신 분이 전장을요?"

전장이라면 환전을 해 주거나, 돈 거래를 하며 재산을 맡기는 곳이다.

당연히 튼튼한 곳일수록 어마어마한 재력을 지니고 있었다.

천무진이 담담하니 말을 받았다.

"황룡전장(黃龍錢莊)이라고 원래는 아버님께서 하시던 일인데 이번에 건강이 안 좋아지시면서 제게 모두 맡기고 물러나셨습니다. 본거지는 하북에 있는데 이번 기회에 광서 쪽에도 거점을 하나 내 볼까 싶어서 돌아다니던 중입니다."

천무진은 그냥 아무 이름이나 되는대로 내뱉었다.

황룡전장이라는 이름은 어딘가에는 있을 법한 명칭이었고, 설령 그걸 알아내기 위해 사람을 보낸다 해도 하북은 이곳과는 너무도 먼 곳에 있다.

곧바로 정보를 캐내려 한다고 해도 족히 보름 이상은 걸릴 것이다.

그리고 이미 그전에 천무진의 용무는 끝나 있을 테고.

천무진은 돈 이야기를 길게 이어 가기 귀찮다는 듯 아까 전에 부원장인 추경에게 보여 줬던 전낭을 그대로 보여 주며 말을 이어 나갔다.

"후원은 매달 이 정도 생각하고 있습니다. 황룡전장이 있는 하북에서는 예전부터 고아들에 대해 이 정도 지원을 하고 있었고, 이왕 광서성에 거점을 내는 김에 여기서도 좋은 일을 하는 것이 어떨까 싶어서 말입니다."

"……그럼요. 정말 훌륭하신 결정이세요."

최대한 담담한 척 말을 잇고 있었지만 사실 두예진은 속으로 쾌재를 부르고 있었다.

이 정도 금액이 다달이 들어온다는데 어찌 좋지 않을 수 있겠는가.

그때 천무진이 슬그머니 입을 열었다.

"소문으로는 익히 훌륭한 원장님이라 들었지만 내심 어떤 분이실까 궁금했는데 직접 이리 뵈니 마음이 좀 놓입니다. 하지만 후원을 하기 전에……."

그가 의미심장하게 말을 끌었다.

조급해진 두예진이 최대한 티를 내지 않으려 애쓰며 물었다.

"뭐 하실 말씀이라도 있으신가요?"

"별건 아닙니다만, 개인적으로 후원을 완전히 결정짓기 전에 이곳을 좀 둘러보고 싶군요. 최소한 제가 후원을 하는 곳이 어떤 곳인지는 알아야 하지 않겠습니까?"

뭔가 바라는 것이 있어 보여 내심 걱정했는데 다행히도 그리 대단한 건 아니었다.

'치잇, 귀찮게 하는군.'

착한 사람인 척 연기를 하는 것은 신물이 날 정도로 지겨웠지만, 그래도 두예진은 미소를 유지했다. 오랜 연습의 효과이기도 했고, 다달이 들어올 후원금이라는 이름의 돈 또한 그녀를 웃게 만들어 줬다.

귀찮은 속내와는 달리 오히려 겉으로는 크게 동조하며 두예진이 말했다.

"그럼요. 당연히 한번 둘러보셔야죠. 언제든 오셔서 시설도 확인해 보시고, 아이들과도 시간을 보내 주신다면 원장인 제 입장에서는 오히려 너무 감사할 뿐이지요."

"그럼 말 나온 김에 잠시 둘러봐도 괜찮겠습니까?"

"물론이에요. 제가 안내하죠."

"감사합니다."

짧은 인사와 함께 천무진 일행은 두예진의 안내를 받으며 원장실에서 빠져나왔다.

그녀가 익숙하게 일행들을 이끌고 청아원 내부를 걷기 시작했다.

가장 먼저 아이들의 식사를 만들어 주는 주방을 보여 줬고, 그 이후에는 지내는 거처를 확인시켜 줬다. 아무래도 가장 중요한 부분이다 보니 먼저 짚고 넘어가는 듯했다.

걷는 내내 두예진은 계속해서 설명을 이어 나갔다.

이곳 청아원의 역사와 아이들이 성년이 되기까지 어떤 식으로 지원을 하여 스스로의 삶을 만들어 주는지에 대해서도.

아이들의 처우에 각별히 신경 쓴다거나 주기적으로 의원을 불러 건강 확인도 해 준다는 등의 이야기 또한 길게 이어졌다.

그렇지만 천무진과 나머지 일행들은 그 말에 고개만 끄덕일 뿐 모든 신경을 다른 곳으로 쏟고 있었다.

지나다니는 아이들의 얼굴을 놓치지 않고 확인했고, 의심스러워 보이는 장소를 찾기 위해 예의 주시했다.

허나 정해진 길을 따라 안내를 받고 있는 상황, 그 안에 어떠한 이상한 것도 있을 리가 없었다.

약 반 시진 정도 둘러보며 내부를 살펴보던 천무진이 떠보듯 물었다.

"창고도 많던데, 거기에는 뭐가 있습니까?"

"그거야 뭐 다양하죠. 식재료도 있고, 식기도 모여 있고요. 아이들의 옷을 만들 천이나, 계절에 맞는 침구류도 창고에서 보관하죠. 아무래도 부피가 크니까요."

"그래요? 구경을 해도 되겠습니까?"

천무진이 슬쩍 패를 던졌다.

갑작스러운 질문에 두예진이 움찔하며 입을 열었다.

"그곳은……."

말을 하던 그녀의 시선이 슬그머니 한편에 자리한 부원장 추경에게로 향했다. 그러자 기다렸다는 듯 그가 다가오며 말을 걸었다.

"원장님, 아이들과 있으실 시간입니다. 슬슬 가실 채비를 하셔야 할 것 같습니다."

"아, 이런 벌써 그렇게 됐나요? 창고는 아쉽게도 다음 기회에 안내해 드려야겠네요. 저희는 아이들이 많아 창고의 숫자가 꽤나 많거든요. 아마 구경하시려면 하루는 족히 걸리실 거예요."

은근슬쩍 말을 돌리는 걸 눈치챘지만 천무진은 그에 관해서 별다른 행동을 취하지 않았다.

그가 고개를 끄덕이며 답했다.

"그렇군요. 어쨌든 잘 봤습니다. 시설이 기대 이상이군요."

"만족하신 것 같아 저도 좋네요. 그러면 후원은 어떻게……."

"당연히 처음 말씀드린 대로 진행해야지요. 계약서를 적어야 할 거 같은데 저희 쪽도 준비해야 할 것이 있어서 이틀 정도 걸릴 예정입니다. 괜찮으시지요?"

"그럼요. 연락 기다리지요."

말과 함께 환한 미소를 지어 보인 두예진은 곧바로 안쪽을 향해 걸어갔다. 그리고 추경이 일행에게 다가오며 말했다.

"제가 입구까지 안내해 드리겠습니다. 따라오시죠."

추경은 천무진 일행을 곧바로 청아원의 입구로 데려다주었고, 이내 입구에서 인사를 건넸다.

"그럼 살펴 가시지요. 후원에 감사드립니다."

"부원장님도 나중에 뵙죠."

천무진은 짧게 대답하고는 그대로 몸을 돌려 청아원에서 멀어지기 시작했다.

그렇게 천무진 일행이 청아원과 적당히 떨어진 곳까지 이동한 후였다.

꾹 참고 있던 단엽이 어느 정도 거리가 벌어졌다고 생각했는지, 기다렸다는 듯 입을 열었다.

"주인, 저기 엄청 수상한데."

그런 그의 말에 한천이 동조하고 나섰다.

"그러게요. 뭔 고아원에 무인이 저리 많습니까? 일하는 사람 서너 명 중 하나꼴로 무인이던데요."

일하는 사람들로 위장하고 있지만, 그 안에는 적지 않은 숫자의 무인들이 뒤섞여 있었다.

물론 너무나 잘 숨기고 있어 어지간한 이들은 절대 알아차릴 수 없을 정도였지만, 천무진 일행은 그 범주 훨씬 바깥에 있는 이들이었다.

두예진이 청아원의 내부를 안내해 주는 내내 그런 이들과 마주쳤으니, 이상함을 눈치를 채는 건 당연한 일이었다.

"내가 봤을 때 여기 맞아. 그냥 지금 당장 뒤집어엎어 버리면 되는 거 아냐?"

단엽이 굳이 왜 이렇게 뜸을 들이냐는 듯 물었다.

그러자 천무진이 짧게 답했다.

"인질이 있잖아."

"인질? 누구?"

"고아들. 우리가 움직이면…… 그 아이들이 죽어."

이곳을 뒤집어 버리는 것 정도는 무척이나 간단한 일이다.

이들은 천무진 일행의 무력을 감당해 낼 수 없었다. 다만 문제는 아이들의 행방이다. 그 아이들을 찾지 못한 상황에서 섣부르게 움직였다가는…… 잡혀 있을 그들이 죽을지도 모른다.

아니, 분명 그런 선택을 할 것이다.

증거를 남기고 싶지 않을 테니까.

이곳 청아원에, 아니면 연관되었을 어딘가에 갇혀 있을 그 아이들의 위치부터 확인하는 것이 먼저였다.

만약 이 안에 있다면 지금 가장 의심스러운 장소는 역시나 창고였다.

허나 창고는 한두 곳이 아니어서 모두 확인하는 데는 어려움이 있었다.

게다가 그곳이라 확신하고 움직였다가 아니라면? 곧바로 진짜 아이들이 갇혀 있는 곳으로 여기서 있었던 일이 전해질 것이다.

그렇게 된다면 결국 아이들은 죽는다.

천무진이 말했다.

"들키지 않고 창고 내부만 샅샅이 뒤질 방법이 있으면 좋겠는데 말이야."

누구에게도 들키지 않으며 내부를 조사하는 건 거의 불가능에 가까웠다.

창고를 뒤지기 위해서는 결국 그곳을 지키고 있는 무인과의 마찰이 필수였으니까.

그렇지만 지금 천무진은 어떻게든 그 불가능에 가까운 방법을 찾아야만 했다.

천무진이 깊은 고민에 빠지려는 바로 그 찰나.

"방법 있어요."

생각에 잠겼던 천무진도, 답답한 표정을 지어 보이던 단엽도 말을 내뱉은 백아린을 향해 고개를 돌렸다.

천무진이 믿기 어려웠는지 되물었다.

"방법이 있다고?"

"네, 이 일 제가 마무리 지을게요. 저한테 맡겨요."

"그래 주면 당연히 좋지만 대체 무슨 수로……."

물어 오는 천무진과 마주 서 있던 백아린이 갑자기 입을 열었다.

"치치."

백아린이 나지막이 이름을 부르는 순간 소매 속에서 치치가 툭 하고 튀어나왔다.

바닥에 착지한 치치가 가만히 백아린을 올려다볼 때였다.

그녀가 갑자기 품 안에 넣어 두었던 어린아이들의 인상 착의가 그려진 초상화를 꺼내어 들었다. 그러고는 치치에게 그 초상화에 그려진 얼굴들을 하나씩 볼 수 있게끔 쫙 펼쳤다.

한 장 한 장씩 옆으로 넘기는 백아린의 행동에 단엽이 입을 열었다.

"어이, 지금 뭐 하는……."

"쉿."

옆에 있던 한천이 단엽의 말을 저지하고는 조용히 하라는 듯이 검지를 세웠다.

이해할 수 없는 상황에서 초상화를 보여 주는 걸 반복하던 백아린이 이내 여덟 장을 모두 확인시킨 후에야 치치와 시선을 맞췄다.

그녀가 입을 열었다.

"다 봤지?"

"끽끽."

치치가 고개를 끄덕였다.

대답하는 치치를 향해 백아린이 말했다.

"자 그럼 이제부터 네가 활약할 시간이야."

*　　　*　　　*

　반나절 전까지만 해도 엄청나게 소란스러웠던 청아원은 밤이 찾아오자 거짓말처럼 조용해졌다.

　청아원은 소등 시간이 정해져 있었고, 그 이후의 시간에는 절대 떠들지 않고 잠을 자는 것이 규칙이었다. 그 규칙에 익숙해져서인지 아이들은 금세 잠에 빠져들었다.

　청아원의 아이들은 잠들었지만 그렇다고 해서 모든 이들의 움직임이 멈춰 있는 건 아니었다.

　내일 먹을 아침 식사의 재료를 손질하느라 분주한 이들도, 또 아이들의 옷을 빨고 해진 옷을 꿰매느라 바쁜 이들도 있었다.

　그렇게 모두가 각자의 상황에 맞춰 시간을 보내는 그때였다.

　조용한 청아원의 창고 인근에 조그마한 그림자 하나가 모습을 드러냈다.

　불쑥.

　땅속에 몸을 감추고 있던 치치가 위에 난 구멍을 통해 머리를 내민 것이다.

　치치는 주변을 두리번거리고 있었다. 그러고는 이내 자신이 이렇게 모습을 드러내게 만든 원인을 발견할 수 있었다.

창고 쪽을 향해 걸음을 옮기는 사내 하나.

구멍에서 빠져나온 치치가 빠르게 그 뒤를 쫓았다.

치치는 이미 이곳 청아원에 있는 창고들 중 상당히 많은 곳의 염탐을 완료한 상황이었다. 그러고도 계속 몸을 감춘 채로 창고에 드나드는 사람의 뒤를 쫓아 댔다.

그 누구도 땅바닥에서 은밀하고 민첩하게 움직이는 치치에 대해 눈치채지 못했다. 그리고 설령 누군가의 눈에 띈다고 한들 아무도 의심할 리 없는 상황이었다.

이윽고 사내가 어느 창고 앞에 이르러 걸음을 멈춰 섰다.

그는 커다란 바구니 하나를 들고 있었는데, 그 안에서는 음식 냄새가 솔솔 흘러나왔다.

애초에 치치가 움직인 이유, 그건 바로 이 냄새 때문이었다.

아까부터 주기적으로 오고 가는 이들이 있었고, 이렇게 음식을 가지고 온 자가 나타난 경우에는 항상 똑같은 상황이 벌어졌다.

굳게 닫혀 있던 창고 문이 열렸을 때다.

끼이익.

문이 열렸고, 안에서는 퀴퀴한 냄새가 흘러나왔다.

이윽고 어둠만이 가득한 창고 내부의 공간이 치치의 눈

에 들어왔다. 그곳에는 대략 백여 명에 가까운 아이들이 자리하고 있었다.

아이들은 하나같이 행색이 엉망이었고, 다소 지쳐 보였다.

음식을 가지고 온 자가 안으로 들어서는 순간 치치 또한 빠르게 안으로 움직였다.

스스슥.

어두운 쪽으로 움직인 치치는 그대로 두리번거리며 내부에 자리하고 있는 아이들의 얼굴을 확인했다.

음식을 가지고 온 사내가 바구니에 담긴 주먹밥을 하나씩 건네주는 사이 모든 이들의 얼굴을 확인한 치치는 보다 빠르게 바깥으로 움직였다.

그러고는 이내 창고의 뒤편으로 삥 돌아 움직이더니, 이빨로 창고 외벽 구석을 열심히 갉아 냈다.

그러자 창고에 콩알 하나 정도 크기의 흔적이 생겼다.

이곳 청아원에 있는 창고 중 무려 네 개에, 지금 치치가 새긴 이 흔적이 존재하고 있었다.

그리고 이건 이 창고 안에 사람이 있다는 걸 뜻하는 표식이었다.

이 모든 건 사람의 말을 알아듣는 영물인 치치였기에 가능한 일이었다.

치치는 백아린이 시킨 대로 창고들을 모두 돌며 안에 사람이 있는지 없는지를 확인하는 임무를 수행 중이었다.

그리고 결정적으로 그녀가 보여 줬던 여덟 개의 초상화. 그것과 비슷하게 생긴 아이들을 찾는 것이 최종 목표였다.

잠시 후 다시금 음식을 나르는 사내가 모습을 드러냈다.

다다다닥.

치치가 재빠르게 땅을 박차며 달렸다.

그리고 이번에는 사내의 발아래 쪽으로 순식간에 접근하더니 껑충 뛰어올랐다. 치치는 그대로 바구니 아래쪽에 매달린 채로 사내가 이동하는 곳을 따라 움직였다.

바구니 바로 아래에 다람쥐인 치치가 매달려 있을 거라고는 생각지도 못한 사내가 계속해서 목적지를 향해 다가갔다.

그렇게 들어선 새로운 창고.

그리고 이곳은 치치가 여태 봐 왔던 여타의 곳과는 뭔가 조금 달랐다.

툭.

바구니에 매달려 있던 치치는 창고 안으로 들어서기 무섭게 바닥으로 내려섰다. 그러고는 이내 들키지 않으려는 듯 빠르게 사내의 발아래에서 사라졌다.

창고 구석에 몸을 감춘 치치가 내부를 살펴보려는 듯 빼꼼 고개를 내밀었다.

여태까지의 창고들은 어린아이들이 가득했던 것에 비해 이곳에는 고작 몇 명만이 자리하고 있었다.

또 하나 다른 점이 있다면 이 창고 안에 있는 어린애들은 발목에 쇠사슬이 묶여 있다는 점이었다. 거기다 며칠은 제대로 먹지 못한 것처럼 핼쑥하고 잔뜩 지쳐 있는 얼굴까지.

아이들은 사내가 들어서자 뭐가 그리도 무서운지 움찔하면서 몸을 움츠렸다.

사내가 그런 아이들의 앞으로 주먹밥 하나씩을 휙휙 던졌다.

주먹밥이 지저분한 창고 바닥에 떨어졌지만 사내는 아랑곳하지 않는 듯했다.

그가 짧게 말했다.

"오늘 식사다. 특별히 챙겨 주는 거니까 고마운 줄 알라고. 그러니 앞으로 여길 나갈 때까지 얌전히 좀 있어라. 응?"

짜증 가득한 목소리로 말을 내뱉은 사내가 나가려는 듯 막 몸을 돌릴 때였다.

그의 뒤편으로 그림자 하나가 모습을 드러냈다.

순간적으로 허리춤에 있는 검에 손을 가져다 댔던 사내는 상대의 정체를 확인하고는 급히 예를 갖췄다.

"오셨습니까."

"어휴, 냄새하고는."

한 손으로는 코를 막고, 반대편 손으로 허공을 휘휘 저으며 창고 안으로 들어서는 이는 바로 이곳 청아원의 원장인 두예진이었다.

두예진의 시선이 창고 안에 있는 아이들을 스윽 훑었다.

그녀가 웃으며 입을 열었다.

"얘들아 원장님을 봤으면 뭘 하라고 했지?"

"……."

아이들은 침묵했고, 그 순간 두예진의 표정이 표독스럽게 돌변했다.

그녀가 가장 가까이에 있던 어린아이의 어깨를 발로 걸어차며 소리쳤다.

"인사! 인사를 하라고!"

겨우 여덟 살이나 됐을까 싶은 조그마한 아이가 그대로 바닥을 나뒹굴었다.

너무나 무섭고, 아파서 울 법도 하련만 그 조그마한 남자아이는 겁에 질려 어떠한 감정도 내비치지 못하고 있었다. 엉거주춤 일어선 아이가 고개를 숙이며 중얼거렸다.

"아, 안녕하세요……."

"하여튼 어린애들이란 이래서 싫다니까. 꼭 몇 번을 가르쳐 줘야 뭘 알아 처먹으니."

짜증 난다는 듯 중얼거리던 두예진이 이내 선해 보이는 특유의 그 미소를 얼굴에 머금었다.

그녀가 창고에 갇혀 있는 몇 안 되는 아이들에게 들으라는 듯 말했다.

"자 여러분. 원장님이 말해 줬죠? 며칠만 좀 얌전히 있으면 된다고. 이제 곧 여길 떠나서 그토록 그리던 사람들 곁으로 갈 수 있다고. 그러니까 제발 여기에 있는 그 며칠만 얌전히 있어요. 그러면 아플 일도 없고, 원장님이 이렇게 화낼 일도 없잖아요? 그죠?"

따뜻해 보이는 말투와 미소.

그렇지만 아이들은 오히려 무섭다는 듯 고개조차 들지 못했다.

두예진은 그런 아이들을 내려다보며 질린다는 듯 어깨를 으쓱해 보였다. 그러고는 이내 더는 이 냄새 나는 곳에 있기 싫다는 듯 몸을 돌려 걸음을 옮기려 하는 바로 그때였다.

덥석.

이 창고 안에 갇혀 있는 아이들 중 가장 나이가 많은 소년이 자신을 지나쳐 가는 두예진의 소맷자락을 움켜잡은 것이다.

나이가 가장 많다고 해 봤자, 고작 열두 살 남짓밖에 되지 않는 아이였다.

그런 아이가 용기를 내서 그녀를 잡은 것이다.

슬며시 고개를 돌려 아이를 내려다보는 두예진의 미간이 부들부들 떨렸다.

그녀가 입을 열었다.

"……너 지금 뭐하니?"

"거짓말이죠? 제 삼촌을 찾았다고 조용히 있으면 데리러 온다는 거 다 거짓말이잖아요!"

"이게 어디서 꼬박꼬박 말대꾸야!"

급히 손을 털어 내며 아이에게 잡혀 있던 소맷자락을 끄집어냈지만, 이미 옷은 지저분해져 있었다.

그걸 보는 순간 그녀의 짜증이 재차 폭발했다.

"감히 어디서 그 더러운 손으로 날 만져!"

두예진의 손이 움직였다.

짝짝!

손바닥이 불을 뿜듯이 날아들었다. 순식간에 아이의 볼은 새빨갛게 물들었고, 입에선 피가 터져 나왔다. 허나 그럼에도 분이 풀리지 않는지 그녀의 손바닥이 연신 허공을 가로질렀다.

아이는 그대로 바닥에 쓰러졌고, 얼굴은 순식간에 부어

올라 형체를 알아보기 힘들 정도였다.

그제야 다소 진정이 됐는지 두예진은 엉망이 된 옷매무새를 어루만지며 길게 숨을 내쉬었다.

"휴우."

맞은 아이는 기절을 했는지 바닥에 널브러져 있었고, 그녀는 옆에 있는 수하에게 짧게 말을 이었다.

"기절해서 어차피 밥 못 먹을 거야. 이 애한테 먹이려고 가지고 온 주먹밥 가지고 나가."

"하, 하지만 어차피 이미 엉망인 주먹밥이라 굳이 가지고 갈 필요까지는 없지 않을까요? 쓸 데도 없는데 그냥 일어나서 먹게 해 주는 것이……."

흙과 지저분한 것들이 잔뜩 뒤엉킨 창고 바닥에 나뒹구는 주먹밥이다.

가지고 간다 해도 사람이 먹기는 힘들뿐더러, 이렇게 맞은 아이를 쫄딱 굶기는 것도 그리 내키지 않아서 한 말이었다.

허나 사내의 말에 두예진이 답했다.

"쓸 데가 왜 없어?"

"예?"

"개한테 주면 되잖아?"

아이들을 개 이하로 보는 듯한 말투였다.

너무도 당연하다는 듯 말하는 두예진의 모습에 사내는 속으로 혀를 내둘렀다.

자신도 꽤나 악당이라고 생각하지만, 지금 눈앞에 있는 이 여인에 비한다면 정말 아무것도 아니라는 생각이 들어서다.

허나 그도 굳이 명령에 반발하면서까지 아이에게 주먹밥을 먹일 생각은 없었다.

어차피 자신의 일이 아니었으니까.

사내가 고개를 끄덕였다.

"알겠습니다. 그리하지요."

말과 함께 사내는 바닥에 던져 놓은 주먹밥 하나를 회수했다.

그의 옆에 서 있던 두예진이 몸을 돌려 걸어 나가며 말했다.

"빨리 문 닫아. 냄새나니까."

말과 함께 그녀는 곧장 창고를 나가 버렸고, 이내 그 뒤를 쫓은 사내가 몸을 돌려 문고리를 움켜쥐었다.

쿠웅.

서서히 닫혀 가는 창고의 문.

그나마 남아 있던 빛줄기가 사라지며 창고 안은 점점 어둠에 잠식되어 가고 있었다.

마치 이 아이들의 운명을 말하려는 것처럼.

그렇게 마지막 달빛과 함께 막 사라지는 창고의 그 자그마한 문틈 사이로 주먹만 한 그림자 하나가 빠르게 사라졌다.

치치였다.

*   *   *

마지막 창고까지 확인한 치치는 곧장 담장을 타고 바깥으로 움직였다.

짧은 다리로 빠르게 내달린 치치를 반긴 건 바로 백아린이었다.

"치치야."

백아린을 발견한 치치는 곧장 그녀의 손을 타고 어깨까지 올라갔다.

어깨에 올라선 치치와 시선을 맞춘 채로 백아린이 물었다.

"그림에 그려진 아이가 저 안에 있었어?"

"끽끽. 끼익."

낮은 울음소리와 함께 치치는 고개를 끄덕였다. 대답을 듣는 순간 백아린이 활짝 웃으며 쥐고 있던 옥수수 알갱이 하나를 치치에게 건넸다.

그러자 치치는 그 옥수수를 쥔 채로 입에 머금었다.

수고했다며 치치를 다독이던 백아린이 이내 앞에서 대기하고 있던 다른 이들에게로 시선을 돌렸다.

그녀의 얼굴에 확신이 차 있었다.

"확인 끝냈어요. 이제 움직여도 될 것 같아요."

"……대단한데."

돌 위에 걸터앉아 있던 단엽이 대단하다는 듯 중얼거렸다. 치치가 영물이라는 말은 들었지만 이런 임무까지 수행해 낼 거라고는 생각조차 하지 못했다.

놀란 단엽을 향해 한천이 어깨를 으쓱하며 입을 열었다.

"말했잖습니까. 저 녀석이 우리 적화신루 최고의 능력자라니까."

당연히 해낼 줄 알았다는 듯 말하고 있었지만, 한천의 목소리에는 대견함이 잔뜩 묻어 나오고 있었다.

백아린이 천무진을 향해 물었다.

"언제 움직이실 건가요?"

"……내일."

마음 같아서야 당장이라도 움직이고 싶었지만, 이번 일은 자신들만으로 처리해서는 안 되는 일이다. 무림맹의 별동대를 통해 이런 일이 있었다는 사실을 세상에 알려야 한다.

그러기 위해서는 무림맹 별동대가 직접 개입하도록 만들어야 한다.

이 모든 상황을 직접 눈으로 보아야 보다 확실하게 증인이 되어 줄 수 있을 테니까.

애초에 무림맹의 별동대를 끌고 나온 것 자체가 이 이유 때문이 아니었던가.

별동대를 모으고, 완벽하게 작전을 수행하기 위해서는 이미 다소 시간이 지난 지금보다는 내일 밤이 낫다는 판단이 섰다.

허나 천무진은 그 와중에서도 중요한 걸 놓치지 않았다.

"단엽."

"어? 왜 주인?"

"넌 이곳에 있으면서 창고에 어떤 수상한 움직임이 없는지 계속 감시해. 혹시라도 아이들을 다른 곳으로 옮기거나 하면 안 되니까."

운이 없게 작전을 실행하기 전날에 아이들에게 무슨 일이 일어날지도 모른다 생각하여 내놓은 천무진의 대책이었다.

그의 명령에 단엽이 고개를 끄덕이며 대답했다.

"알겠어. 그런데 말대로 이상한 움직임을 보이면 어떻게 할까? 아이들을 다른 곳으로 끌고 가려거나 하면 말이야."

물어 오는 단엽의 질문.

천무진이 곧장 답했다.

"네 판단대로 해. 하지만 가장 중요한 건…… 아이들부터."

천무진의 대답에 단엽이 씩 웃으며 말했다.

"그러지. 주인."

2장. 춘몽(春夢)
― 다행이네

늦은 밤.

청아원과 다소 거리가 떨어진 곳에서 하나둘씩 그림자들이 모습을 드러냈다. 그림자의 정체는 중요한 임무를 수행하기 위해 무림맹에서 파견된 별동대였다.

그들은 어둠 속에서 몸을 감춘 채로 명령을 기다리고 있었다.

무림맹 별동대를 이끄는 수장 이지강.

그가 높은 나무 위에 올라선 채로 아주 멀리에 떨어져 있는 청아원을 응시했다.

'……믿을 수가 없군.'

고아들에게 그런 끔찍한 일을 벌인 이들이 고아원을 운영하고 있다는 말에 이지강은 실로 놀람을 감추기 어려웠다.

만약 이런 사실을 전한 것이 천무진이 아니었다면 쉬이 믿기 어려웠을 게다.

이지강은 고아원을 보며 드는 생각을 마무리하고 앞으로 해야 할 일들을 다시 정리했다.

오늘의 작전은 이미 정해져 있었다.

가장 중요한 것 두 가지.

저곳에 있는 아이들의 안위와 주범들을 체포하는 것이었다.

세 개의 조로 구성된 별동대.

이들에게는 각각의 명령이 떨어져 있었다.

가장 먼저 일 조의 임무는 적들을 제압하는 것이다. 상대적으로 일 조가 무공이 뛰어난 이들로 구성되어 있으니 적들과 맞서 싸우는 데 가장 제격이었다.

그리고 이 조의 임무는 창고에 갇혀 있는 아이들의 안전을 맡고, 추가적으로 그곳에 올 적들을 막는다.

그리고 마지막으로 삼 조.

그들은 이곳 청아원에 또 다른 아이들. 즉, 대외적으로 알려져 있는 백오십 명 정도 되는 아이들을 지키는 일을 맡았다.

허나 그 모든 임무와 별개로 세 명.

천무진과 백아린, 한천은 따로 이지강과 함께 움직이고 있었다.

누군가 이상하게 여길 수도 있는 상황이었지만, 그건 그리 큰 문제가 되지 않았다.

이번 범인을 알아 온 것이 이들이라는 그럴싸한 핑계가 있었던 덕분이다.

나무 위에서 청아원을 바라보던 이지강의 뒤편으로 천무진이 모습을 드러냈다.

슬쩍 뒤를 돌아본 이지강이 이내 입을 열었다.

"그 친구가 안 보이는군요."

단엽을 말하는 거다.

그걸 알기에 천무진이 짧게 답했다.

"가능하면 싸움에 끼기보다는 멀리서 상황을 보다 아이들에게 무슨 일이 생길 것 같으면 도움을 주는 식으로 움직이라고 명령해 뒀습니다."

"그렇군요."

무림맹의 별동대가 나서는 일, 거기에 사파인 대홍련의 부련주가 껴 있으면 뭔가 그림이 이상해질 수도 있다는 판단에서 내린 명령이다.

그리고 더불어 아이들의 안위를 지키는 것에도 그게 더

낫다는 결론이 나오기도 했고.

이지강이 물었다.

"……얼마나 많은 아이가 있을까요?"

"장담할 수는 없습니다. 그래도 족히 창고 몇 개에 갇혀 있다는 걸 보면 그 숫자가 적지는 않을 겁니다."

아이들이 갇혀 있을 창고를 급습할 이들에게 이미 중요한 단서를 전해 둔 상황이다. 창고의 외벽 구석에 치치가 낸 흔적.

그걸 보고 동시다발적으로 창고를 진압해야 한다.

조금의 오차가 큰 피해를 불러올 수 있는 상황. 그랬기에 이지강은 몇 번이고 이 조를 이끄는 조장인 혜정에게 완벽하게 움직여야 한다며 신신당부했다.

청아원을 말없이 바라보는 이지강의 뒤편에 서 있던 천무진이 입을 열었다.

"준비되셨습니까?"

천무진의 물음에 이지강이 천천히 손을 들어 올렸다.

각자의 자리에서 수장의 명령을 기다리고 있던 별동대들이 서서히 움직이기 시작했다.

이지강이 입을 열었다.

"별동대 준비 완료입니다."

　　　　*　　　　*　　　　*

　스슥.

　별동대 이 조의 무인들이 빠르게 움직였다.

　장악해야 할 창고의 숫자는 다섯 개. 그리고 무인의 숫자
는 조원 서른 명과 조장인 혜정까지 해서 서른하나였다.

　여섯 명씩으로 구성원들을 나눴고, 그들이 제각기 하나
씩의 창고를 제압하도록 명령해 놨다.

　한 몸처럼 움직이며 창고 인근에 다가선 이들은 빠르게
자신들이 들이닥쳐야 할 곳이 어딘지 확인했다. 치치가 낸
창고 외벽의 흔적을 찾는 것이었다.

　『찾았습니다.』

　『여기도 있습니다.』

　『이쪽도 하나 있습니다, 조장.』

　주변에서 속속들이 창고의 위치를 확인했다는 전음이 날
아들었다.

　인근의 움직임을 한눈에 볼 수 있는 장소에 몸을 감춘 채
로 명령을 준비하고 있던 혜정은 수하들이 자리하고 있는
곳을 하나씩 확인했다.

　정확하게 다섯 군데 모두를 찾아낸 상황.

　근처를 감시하며 무인들의 움직임을 예의 주시하던 혜정

이 빠르게 수신호를 보냈다.

동시에 그녀가 날아올랐다.

파라라락!

아미파의 지공인 복호지(伏虎指)가 펼쳐졌다.

휘익.

날아든 지공이 정확하게 무인들의 혈도를 두드렸다. 아직까지 직접 눈으로 납치된 고아들을 본 건 아닌 상황, 그랬기에 우선은 죽이지 않고 상대를 제압하는 쪽에 더 신경을 쓸 수밖에 없었다.

그리고 혜정과 마찬가지로 다른 이들 또한 빠르게 상대를 혼절시켰다.

그녀가 빠르게 창고를 향해 다가갔다.

현재 이 조를 제외한 나머지 조들은 자신들의 신호를 기다리고 있었다.

눈앞에 있는 창고 안에 정말로 납치된 고아들이 있는지를 확인해야 했기 때문이다.

혜정의 손이 창고의 문을 꽉 움켜쥐었다.

어느새 그녀의 뒤편으로는 이 조 무인들이 다가와 있었다.

혜정의 손이 닫혀 있는 창고의 문을 천천히 열기 시작했다. 그리고 조금씩 열리기 시작한 그 문틈 사이로 어떤 냄새가 밀려 나왔다.

"윽, 이게 무슨……."

코가 썩을 듯한 냄새에 뒤편에 있는 무인들 중 하나가 중얼거렸다.

그리고 이윽고 완전히 열려 버린 창고의 문.

그 안에는…… 백여 명에 달하는 아이들이 웅크린 채 자리하고 있었다. 그 모습이 마치 자그마한 우리에 갇혀 있는 동물들과도 같아 보였다.

빠드득.

혜정의 얼굴이 분노로 인해 붉게 물들었다.

그녀가 나지막이 말했다.

"……쏴."

"예?"

"신호탄 쏘라고!"

피융!

하늘로 솟구쳐 오르는 얇은 실과도 같은 붉은 신호탄. 그것이 모습을 드러낸 순간 기다리고 있던 나머지 인원들이 움직이기 시작했다.

삼 조는 예정대로 아이들이 자고 있는 거처를 확보하기 위해 움직였다.

"누구냐!"

갑작스러운 외부인의 침입에 놀란 누군가가 소리쳤지만, 별동대 무인들의 움직임이 훨씬 빨랐다.

슉슉슉!

날아드는 검이 곧바로 상대를 제압했다.

이곳 청아원에 있는 무인들 또한 일정 수준 이상은 되는 이들이었지만 상대가 좋지 못했다.

정도 무림을 대표하는 무림맹의 무인들이다.

고아들이 있는 곳의 경비를 담당하는 자들 정도로 어찌할 수 있는 상대가 아니라는 거다.

거기다가 숫자 또한 훨씬 더 많았으니 밀리는 건 당연했다.

삼 조가 청아원에 정식으로 들어와 있는 아이들 거처의 안전을 확보하던 시각, 일 조는 정면으로 치고 들어가고 있었다.

그렇게 일 조가 청아원을 장악하기 위해 움직일 때였다.

두예진은 깊고 달콤한 잠에 빠져 있었다.

어제 있었던 천무진과의 만남 이후 그녀는 무척이나 기분이 좋았다.

다달이 들어올 엄청난 금액의 후원금이 그녀를 기쁘게 만든 것이다.

그렇게 단잠에 빠져 있던 두예진이 갑자기 꿈틀했다.

그녀가 자리에서 벌떡 일어났다.

'뭐지?'

잠결에 잘못 들었나 하는 생각이 들었지만, 직감적으로 무슨 일이 벌어졌음을 느꼈다.

자리에서 일어난 두예진의 귀로 무기끼리 충돌하는 소리가 들려왔다.

이곳은 고아들이 지내는 청아원이다.

그런 장소에서 쇠끼리 부닥치는 소리가 날 이유가 뭐란 말인가.

자리를 박차고 일어난 그녀가 바깥으로 걸어 나갔다. 거처를 감싸는 담장 때문에 아직까지는 아무런 것도 보이지 않았다.

허나 들려오는 심상치 않은 소리에 두예진은 옆에 있는 난간을 가볍게 손으로 밀며 그 반동을 이용해 허공으로 솟구쳤다.

파라락.

긴 옷자락을 회전시키며 하늘 높게 치솟은 그녀가 가볍게 지붕 위에 착지했다.

높은 곳에서 바라본 청아원의 광경.

부드러웠던 그녀의 표정이 싸늘하게 식어 버렸다.

입에서는 절로 욕설이 터져 나왔다.

"이런 미친……."

설마 도적 떼라도 들이닥친 건가 했던 두예진의 예상은 여지없이 빗나가 있었다.

누가 봐도 알 정도로 상대들은 잘 훈련된 무인들이었다.

고작 도적 떼가 아니라는 거다.

주변을 휙 둘러보며 살핀 두예진은 얼추 상황을 빠르게 파악할 수 있었다.

아이들을 가둬 둔 창고가 제일 중요했기에, 그쪽을 확인하기 위해 그녀는 지붕 위에서 재차 도약했다.

휘익.

하늘 높게 솟구친 덕분에 멀리 떨어진 창고 쪽까지 시야 안에 넣을 수 있었던 두예진, 그곳에 시선을 준 그녀의 얼굴이 심각할 정도로 일그러졌다.

창고의 문이 모두 활짝 열려 있는 것을 확인했기 때문이다.

탁.

솟구쳤던 몸이 지붕 위에 가볍게 내려섰다.

'어쩌지?'

들이닥친 이들이 누군지, 대체 어떠한 일이 벌어지고 있는지도 정확히 파악할 수 없는 지금.

확실한 것 하나는 자신들이 노출되었다는 거다.

대체 어떻게?

믿을 수 없는 일이 벌어졌지만 당장에 가장 중요한 건 현실을 직시하는 거다. 그리고 지금 자신이 무엇을 해야 하는지 파악하는 것도.

실험에 필요한 아이들을 관리하는 청아원은 중요한 거점이다.

그리고 그런 거점을 맡고 있는 두예진은 뛰어난 무인이기도 했다.

'가서 다 죽여 버릴까?'

수하들을 모아 싸운다면 쉽게 지지 않을 정도의 자신은 있었다.

허나 이내 그녀는 고개를 저었다.

지금 자신이 해야 할 건 목숨을 걸고 이곳을 지키는 일이 아니다.

저토록 잘 훈련된 자들이 들이닥친 걸 보면 어차피 이곳은 노출되었다고 봐야 옳다.

상황이 이리된 이상 청아원을 지켜 낸다고 해도 아무런 의미가 없다. 결국 더 많은 숫자의 무인들이 밀려올 테니까.

이곳을 지키지 못한 것에 대한 책임을 물어야 할지도 모른다. 허나 문제는 두예진이 이곳을 지키지 못한 것보다 더욱 커다란 문제를 야기할 수도 있는 뭔가를 가지고 있다는 것이다.

'우선은 그것부터 없애야겠어.'

이미 드러난 이상 이곳 청아원은 버린다.

다소 시간은 걸리겠지만 증거를 없애고, 새로운 거점을 만드는 것이 지금으로선 더 나은 선택이었다.

그렇게 막 생각을 정리하는 찰나, 입구를 통해 십여 명에 달하는 무인들이 뛰어 들어왔다.

선두에 있는 이는 부원장인 추경이었다.

그가 지붕 위에 있는 두예진을 발견하고는 급히 소리쳤다.

"원장님! 기습입니다!"

"나도 알아! 그걸 안 게 언젠데 이제야 보고해?"

두예진이 버럭 짜증을 냈다. 그러고는 이내 지붕을 박차며 수하들이 있는 곳을 향해 순식간에 다가갔다.

가벼운 발 구르기 한 번으로 수십여 장의 거리를 날아오른 셈이다.

그녀의 무공 실력이 얼마나 뛰어난지를 단적으로 보여주는 장면이었다.

자신에게 다가온 두예진에게 추경이 상황을 알렸다.

"외곽은 완전히 뚫렸고, 곧 이곳까지 적들이 몰려올 겁

니다. 정확한 숫자는 아직 파악이 안 됐지만 사오십 명가량
은 족히 되는 것 같습니다."

"그런 건 됐고 혹시 놈들 정체는 파악했어?"

"그것이 아무래도…… 무림맹 같습니다."

"무림맹?"

생각보다 훨씬 더 커다란 놈들이 꼬였다고 느끼며 두예
진이 인상을 구겼다.

그녀를 향해 추경이 말했다.

"예, 각양각색의 정파 무공들이 보이는 걸 보면 그들이
맞을 겁니다."

"망할. 무림맹이 어떻게 우리를 알고 움직인 거지?"

"어쩔 생각이십니까? 싸울까요?"

"멍청한 소리. 지금 우리가 저들과 싸워서 뭐가 달라지
는데?"

어차피 지금 이곳에서 쓸 만한 무인이라고는 자신과 추
경, 그리고 그 외에 서너 명 정도가 전부다.

나머지는 기껏해야 일류 정도 되는 수준의 무인일 뿐.

상대가 무림맹이라는 걸 알자 두예진의 생각은 더욱 확
실해졌다.

"피해 없이 빠져나가려면 기회는 지금뿐이야. 서두르자
고."

"허나 그렇게 되면 청아원이……."

"멍청아! 노출이 된 순간 이미 여기는 끝났어. 아직도 그걸 모르겠어?"

그녀의 말에 추경은 고개를 끄덕였다.

세상에 드러나면 안 될 짓을 벌이던 비밀 거점이다. 그런 곳의 존재가 드러났으니, 그 순간부터 이곳의 의미는 사라진 것과 다를 게 없다.

두예진이 말했다.

"서둘러. 장부부터 빼돌려야 해. 그것까지 저들의 손에 넘어가면 다른 거점도 잃게 될 테니까."

"알겠습니다."

대화를 끝낸 두예진은 추경과 그가 데리고 온 무인들을 데리고 뒷문을 통해 움직였다.

혹시 모를 상황을 대비해 장부는 비밀스러운 장소에 감춰 두었고, 지금 그걸 찾아 이곳에서 사라지려 하는 것이었다.

뒤쪽에 샛길이 있다는 사실을 몰라서인지 다행히도 그곳엔 아무도 없었고 덕분에 두예진은 자신의 목적지까지 금방 도달할 수 있었다.

그녀는 청아원을 벗어나 약 일각가량 떨어진 곳에 위치한 사당에 도착했다.

그간 힘겹게 쌓아 놓은 청아원이라는 거점을 잃었다는 사실에 짜증이 치밀긴 했지만…….

별수 없다는 생각을 하며 사당 앞에 선 두예진이 추경을 향해 고갯짓을 했다.

그러자 사당으로 다가간 그가 이내 안쪽에 감추어져 있던 나무 상자를 꺼내어 들었다.

그 상자를 보는 순간 두예진의 입에서 안도의 한숨이 터져 나왔다.

"하아."

"장부는 회수했는데 이제 어떻게 하실 생각이십니까?"

"우선 여기부터 뜨자고. 우리가 없는 걸 눈치채면 곧바로 주변부터 샅샅이 뒤질 테니까."

무림맹의 무인들이라면 금방 포위망이 펼쳐질 것이 자명한 사실. 그러기 전에 이 인근에서 최대한 멀어져야 했다.

그녀가 몸을 돌리며 말했다.

"그나마 다행이네. 장부는 지킬 수 있어서."

그 말이 끝나기가 무섭게 갑작스러운 소리가 귓가를 파고들었다.

파앙!

갑자기 추경의 손에 들려 있던 나무 상자가 쏜살같이 어둠 속으로 빨려 들어갔다.

눈 깜짝할 사이에 벌어진 일에 상자를 들고 있던 추경도, 막 걸음을 옮기던 두예진조차도 놀라 그쪽을 멍하니 바라 보기만 했다.

손을 대지 않고 내공만으로 물건을 움직일 수 있다는 허공섭물(虛空攝物)이 분명했다. 다만 놀라운 건 기의 흐름을 채 느끼기도 전에 허공섭물로 물건을 앗아 갔다는 거다.

이윽고 어둠 속에서 들려온 목소리.

"안됐네. 장부도 지킬 수 없게 된 것 같은데 말이야."

"……누구냐."

두예진의 목소리에 살기가 서렸다.

다른 것이라면 몰라도 저 장부만큼은 반드시 지켜야 할 물건이었으니까.

누구냐는 질문과 함께 어둠 속에서 한 사내가 천천히 걸어 나왔다.

천무진이었다.

그리고 그의 손에는 방금 전 추경이 들고 있던 장부가 든 상자가 자리하고 있었다.

상대의 얼굴을 확인한 두예진의 눈동자가 흔들렸다.

"너는……."

후원금 운운하며 방금 전까지 그녀의 기분을 좋게 만들어 줬던 상대. 그런 자가 이렇게 모습을 드러낸 것이다.

자신을 보며 놀라는 두예진을 향해 천무진이 입을 열었다.

"후원 계약에 대해 생각해 봤는데…… 원장이라는 작자가 맘에 안 들어서 말이야."

천무진이 자신을 노려보는 적들과 마주한 채로 여유롭게 말을 이었다.

"계약은 없던 걸로."

＊　　　＊　　　＊

계약은 없던 걸로 하자는 천무진의 말에 두예진이 이를 갈며 답했다.

"계약이고 나발이고, 손에 든 그 물건부터 내놔. 찢어 죽여 버리기 전에."

"말투가 왜 그래? 어제랑 완전히 다른데."

사근사근하고 부드러웠던 어제의 그녀는 온데간데없고, 머리끝까지 한껏 화가 치밀어 오른 독사 한 마리가 이곳에 있었다.

놀리는 듯한 천무진의 말투에 그녀의 얼굴이 더욱 붉어졌다.

이를 갈던 두예진은 이내 뭔가를 깨달았는지 얼굴에 더욱 짙은 분노가 감돌았다.

"그래, 네놈이었구나. 이 모든 일의 원흉."

"뭐야 이제 안 건가? 그 정도는 나를 보자마자 눈치챘어야지. 머리가 좀 별론가 봐."

"닥쳐! 어디서 시끄럽게 떠들어 대. 네놈이 어떻게 우리를 알고 이런 일을 벌였는지는 모르겠지만…… 후회하게해 주마."

말과 함께 두예진이 수하들을 향해 가볍게 눈짓을 했다.

애초에 일대일 대결 따위 해 줄 이유가 없었다. 거기다상대는 허공섭물을 자유자재로 구사하던 고수다. 한시가급한 상황에서 그런 자와 굳이 싸워 줄 이유는 없었다.

어차피 적은 하나였고, 이쪽은 열 명이 넘었다.

합공으로 서둘러 끝내고, 장부를 회수하는 것이 최선의선택이었다.

슬슬 옆으로 움직이며 포위해 오는 상대방의 모습에 천무진이 입을 열었다.

"협공을 할 생각인가 보군."

"그럼 친절하게 포권부터 취하면서 비무라도 해 줄 줄알았어?"

이죽거리는 두예진을 바라보던 천무진이 갑자기 생각지도 못한 행동을 벌였다.

손에 들고 있던 나무 상자를 갑자기 위쪽으로 휙 집어 던진 것이다.

놀란 그녀의 눈동자가 커졌다.

"어어?"

하늘을 향해 날아오른 나무 상자를 보며 두예진과 그녀의 수하들이 다급히 자리를 잡았다. 떨어지는 그 나무 상자를 받으려는 듯이 말이다.

그런데.

탁.

나무 사이에서 뻗어져 나온 누군가의 손이 허공을 날고 있는 상자를 잡아챘다.

엉거주춤 자세를 잡고 있던 두예진은 얼결에 우스운 꼴이 되어 버리고야 말았다.

천무진이 피식 웃으며 말했다.

"돌려주는 줄 알았나 봐? 꿈도 크네."

"이 새끼가 정말!"

바로 그때였다.

투두둑.

흔들리는 소리와 함께 나무 위에서 몇 개의 신형들이 떨어져 내렸다.

이곳에 있는 것은 천무진 혼자가 아니었다.

그의 뒤편으로 백아린과 단엽, 한천 세 사람 모두가 가볍게 착지해 섰다.

나무 상자를 들고 있던 단엽이 툴툴거렸다.

"이봐 주인. 이런 거 던질 거면 미리 신호라도 주라고. 멋없이 놓칠 뻔했잖아."

아무렇지 않게 떠들어 대는 상대의 모습을 보며 두예진의 표정이 더욱 굳었다.

'뭐지 이놈들?'

이렇게 지척에 다른 이들까지 있었다는 사실을 전혀 알지 못했다. 생각해 보면 처음 천무진이 나타나던 그 순간에도, 모습을 드러내기 전까지는 그의 존재를 몰랐던 그녀다.

'설마……'

뭔가를 깨닫는 순간 두예진은 망치로 머리를 맞은 것 같은 충격에 휩싸였다.

그녀가 더듬거리며 입을 열었다.

"이, 일부러 우릴 놔준 거였어?"

무림맹의 무인들이 모르는 뒷길로 잘 빠져나왔다고 생각했던 그녀였다.

하지만 그건 착각이었다.

오히려 숨기고 있는 뭔가를 알아내기 위해 일부러 길을

열어 두었던 것이다. 함정인 줄도 모르고 오히려 가장 치부가 담겨 있는 장부가 있는 이곳까지 스스로 안내한 꼴이 돼 버렸다.

두예진의 질문에 숨길 이유가 없다 생각한 천무진이 순순히 고개를 끄덕였다.

"맞아. 일부러 열어 놓은 길인지도 모르고 신이 나서 도망치던데. 우리는 조용히 그 뒤를 쫓았고, 그 결과 이런 선물을 내 손에 안겨 주더군."

단엽은 자신의 손에 들려 있는 나무 상자를 휙 하고 천무진에게 던졌다.

탁.

가볍게 나무 상자를 돌려받은 천무진이 비웃듯 그녀를 바라봤다.

처음부터 끝까지 천무진의 손아귀에서 놀아났다는 사실을 알게 된 두예진은 부들부들 떨었다.

그런 그녀를 바라보며 천무진이 말했다.

"자, 그럼 받을 것도 받았으니 슬슬 정리해 볼까? 별동대가 오기까지 그리 긴 여유는 없을 것 같아서 말이야."

천무진의 말이 끝나자 백아린이 기다렸다는 듯 옆에 봇짐을 내려놓았다.

쿵.

커다란 봇짐을 바닥에 세운 그녀가 그사이에서 삐죽하게 튀어나온 대검의 손잡이를 움켜쥐었다.

그러고는…….

스윽.

백아린이 오랜만에 뽑아 든 대검을 어깨 위에 가볍게 짊어진 채로 말했다.

"좋아요. 오랜만에 칼춤 한 번 추죠, 뭐."

자신만만한 그녀의 목소리에 뒤이어 한천의 목소리가 들려왔다.

"하아, 그냥 항복하면 안 됩니까? 전 싸우는 거 별로 안 좋아하는데."

허나 뱉어 내는 말과는 달리 한천의 눈동자는 빛나고 있었다. 그걸 알기에 단엽이 피식 웃으며 한천의 말을 받았다.

"맘에도 없는 소리 하긴. 저런 놈들은 개박살을 내 줘야 제맛이지. 어이, 미리 말하는데 항복하지 마라. 항복해도 똑같이 패 줄 거니까."

뭘 하든 박살을 내 버리겠다는 단엽의 한마디는 선전 포고였다.

"……."

그들을 바라보는 두예진의 눈빛은 싸늘했다.

뭐 하는 놈들인지 모르겠지만…… 결국 결론은 하나였다. 저들을 죽여야 한다는 것.

두예진의 손이 상의 사이를 비집고 들어가더니 이내 무엇인가를 끄집어냈다.

촤르르륵!

요란한 소리와 함께 모습을 드러낸 건 다름 아닌 긴 채찍이었다. 두예진은 평소 허리춤에 이 붉은색의 채찍을 감고 다녔다.

고아원의 원장 흉내를 내느라 보이지 않게 감춰 두고 지낸 것이다.

몸이라도 푸는 것처럼 두예진이 가볍게 손목을 움직였다.

그러자 그녀의 채찍이 향하는 장소에 있던 돌이 그대로 박살이 나며 터져 나갔다.

파앙!

커다란 바위가 반으로 쪼개지는 것으로 모자라 산산조각이 나는 걸 보며 한천이 무섭다는 듯 어깨를 움츠렸다.

"으으, 맞으면 아프겠다."

"그러니까 안 맞겠다는 소리네?"

옆에서 훅 들어오는 단엽의 말에 한천이 엄지를 치켜세우며 답했다.

"정답."

자신이 무기를 꺼내 들고 동시에 적당한 살기와 위력까지 뽐냈거늘 상대는 전혀 주눅 드는 기색이 보이지 않았다.

오히려 뭐가 그리도 즐거운지 수다를 이어 가는 모습이 그녀의 신경을 건드렸다.

"애송이들이 감히 어디서 까불어!"

고함 소리와 함께 그녀의 내력이 채찍에 실린 채로 휘둘러졌다. 순간적으로 강기가 휩싸인 채찍이 마치 용의 꼬리가 된 것처럼 사방으로 요동쳤다.

쿠카카카캉! 콰앙!

전방에 위치하고 있는 이들을 향해 긴 채찍에 휩싸인 강기가 휘몰아쳤다. 전방으로 십여 장 정도 되는 공간에 있던 모든 것들이 순간적으로 가루가 되어 사라졌다.

적사편십칠로(赤蛇鞭十七路).

붉은 뱀을 연상케 하는 채찍을 휘두르는 그녀의 독문 무공이었다. 순식간에 열일곱 개의 방위를 점하며 휘몰아치는 폭발적인 위력의 강기를 쏟아 내는 특징을 지녔다.

형체를 알아보기 힘들 만큼 순식간에 변한 주변 광경.

그것만으로도 이 무공의 파괴력이 얼마나 지독한지 말해 주는 듯싶었다.

폭발적인 힘을 보여 준 우두머리의 모습에 추경과 수하들의 얼굴에 화색이 돌았다.

"정말 대단하……."

추경이 절로 감탄성을 터트리고 있는 그때.

두예진이 입술을 강하게 깨물며 욕설을 내뱉었다.

"젠장."

두예진의 딱딱하게 굳은 표정에 추경이 당황하며 물었다.

"왜 그러십니까?"

"……온다!"

버럭 소리를 침과 동시에 그녀의 손에 들린 붉은 채찍이 다시금 움직였다.

휘리릭.

하지만 그사이를 뚫으며 단엽이 누구보다 빠르게 달려들고 있었다.

파앙!

어느새 권갑을 찬 그의 주먹이 그녀의 얼굴을 노리고 다가왔다.

미리 대비를 하고 있었던 덕분인지 두예진은 채찍이 감싸여진 손등으로 날아드는 주먹을 받아 냈다.

내공으로 호신강기까지 불러일으켜 놨던 상황.

하지만 그 충격은 호신강기 너머까지 전해져 왔다.

"꺼윽."

비명과 함께 입에서 피가 터져 나왔다.

가까스로 밀려나는 몸을 지탱하는 그때였다.

달빛을 가르며 커다란 그림자 하나가 떨어져 내리고 있었다.

고통을 채 삼키기도 전에 그녀는 서둘러 옆으로 몸을 날렸다.

아슬아슬하게 스치고 지나간 한 자루의 대검.

분명 피했음에도 불구하고 묵직한 풍압이 두예진에게 밀려들었다.

허공에서 몇 바퀴나 회전하던 그녀가 아슬아슬하게 무릎으로 바닥에 착지했다. 하지만 문제는 두예진이 아니었다.

그녀의 뒤편에 있던 수하들.

그들이 있던 공간이 떨어져 내리는 대검으로 인해 아예 박살이 나 버렸다.

멀쩡한 건 추경을 포함해 고작 세 명밖에 되지 않았다.

땅에 박혀 버린 사람 크기만 한 대검을 아무렇지 않게 뽑아 드는 백아린의 모습을 보고 있자니 절로 숨이 막혔다.

'생긴 거랑 다르게 뭐 이런…….'

하늘하늘하고 바람만 불어도 꺾일 것 같은 여인.

헌데 지금 상대에게서 풍겨 오는 분위기는 그런 여인이 가질 수 있는 종류의 박력이 아니었다.

놀란 건 단엽도 마찬가지였다.

백아린이 싸우는 모습을 단 한 번도 보지 못했던 단엽이다.

그저 천무진에게 보통 실력이 아니라는 것 정도만 전해 들었는데…… 이건 자신이 생각했던 수준이 아니었다.

단엽이 백아린을 향해 놀란 얼굴로 말했다.

"장난 아닌데?"

단엽의 감탄 가득한 목소리에 백아린은 미소를 지으며 대꾸했다.

"벌써 놀라기엔 좀 이른데. 아직 보여 줄 게 많거든."

"그래? 이거 기대 좀 되는데."

단엽은 문득 천무진을 따라오길 잘했다는 생각이 들었다.

자신이 지면 따르겠다는 약속을 해서이기도 했고, 강한 이들과 쉼 없이 싸우게 해 주겠다는 제안도 구미가 당겼다.

뭐 아직 그렇게 만족스러운 싸움을 많이 할 수 있었던 건 아니지만…… 적어도 재미있는 녀석 둘을 발견한 것만큼은 큰 수확이었다.

무인으로 뿐만이 아니라, 대홍련의 부련주로서도.

'적화신루라…… 주의해야겠는데.'

적화신루를 앞으로 주의 깊게 봐야겠다는 생각이 절로 들 정도로 두 사람의 무위는 단엽에게 깊은 인상을 남겼다.

그리고 때마침 뒤편에서 단엽을 감탄하게 했던 또 다른 한 사람이 모습을 드러냈다.

한천이 성큼 다가가고 있었다.

"오지 마!"

두예진이 서둘러 상대를 향해 채찍을 마구 휘둘러 댔다.

휙휙휙!

흥분하여 마구잡이로 휘두르는 것 같아 보였지만 그녀는 실력 있는 무인이었다. 당황한 와중에서도 날카롭고 정확한 공격을 펼쳤다.

슥슥.

얼굴을 향해 날아드는 채찍을 한천은 가볍게 상체를 움직이는 정도만으로 피해 냈다.

순간적으로 십여 회에 달하는 공격이 쏟아졌지만, 그 모든 걸 간단한 움직임만으로 모두 피해 낸 것이다.

덕분에 둘 사이의 거리는 순식간에 좁혀졌다.

검집에 들어가 있던 한천의 검이 뽑혀져 나왔다.

사악!

달빛을 가르는 듯한 경쾌한 소리와 함께 날카로운 검기가 사이사이를 파고들었다.

두예진은 황급히 자신의 채찍을 휘두르며 날아드는 검기를 받아쳤다.

하지만 모든 걸 막아 내기는 역부족이었는지 틈을 파고 들어간 검기가 옆구리에 긴 상처를 내고 사라졌다.

"으윽!"

그나마 그녀는 상황이 나았다.

뒤편으로 날아든 검기가 남아 있던 세 명의 수하들마저도 휩쓸어 버렸으니까.

몇 개의 검기가 갑자기 폭발하듯 늘어나며 주변에 있던 그들을 뒤덮어 버린 것이다.

덕분에 추경과 나머지 수하들 모두는 이미 바닥에 널브러져 있었다.

놀란 두예진이 더듬거렸다.

"저, 전부 피해 내다니 대체……."

"아고. 아까 말씀드린 것처럼 맞으면 너무 아플 것 같아서 말이죠."

한천은 맞아 주기 정말 곤란하다는 듯한 표정을 지어 보였다.

너무도 다른 세 사람.

그렇지만 그 제각각이 특유의 방식으로 자신과 수하들을 휩쓸어 버렸다.

아직 두예진이 버티고 서 있긴 했지만, 사실 이 싸움은 끝난 것과 다름없었다.

수하들은 모두 쓰러졌고 그녀 또한 멀쩡한 상태가 아니었다.

압도적인 힘의 차이. 자신이 싸워서 이길 상대가 아니다.

그런 상대가 하나도 아닌 여럿이 있으니, 이 싸움의 결과야 뻔했다.

바로 그 순간 이 싸움에 끼지 않았던 유일한 한 사람, 천무진의 모습이 눈에 들어왔다.

그는 여전히 장부가 든 나무 상자를 든 채로 뒤편에 자리하고 있었다.

두예진은 이를 악물었다.

그녀가 천무진을 향해 버럭 소리를 질렀다.

"그 상자 열지 마! 안에 내용을 보는 순간 여기에 있는 모두가 죽을 거다."

"협박인가?"

"아니, 협박이 아니야. 오히려 너를 위해 해 주는 말이지."

"우리가 서로를 걱정해 줄 사이는 아니지 않나?"

"네놈이 걱정돼서 해 주는 말이 아니야. 그래야 우리도 피해가 적으니까. 그래서 하는 제안이야. 그걸 보게 되면 너희가 누구든 죽을 거다. 하지만 반대로 여기서 멈춘다면…… 모두가 살아."

단엽에게 첫 일격을 당했을 때 당했던 내상 때문인지 말을 하는 두예진의 입에서 피가 주르륵 흘러내렸다.

그녀는 가슴을 움켜쥔 채로 천무진을 뚫어져라 응시했다.

두예진의 눈빛은 말하고 있었다.

그 상자 안에 있는 장부의 내용을 절대 보지 말라고.

보게 되면 결코 돌이킬 수 없다고.

그런 두예진의 눈빛을 보며 천무진이 천천히 나무 상자를 열었다.

그리고 안에 든 장부를 꺼내어 들었다. 움찔하는 그녀의 모습을 곁눈질로 살핀 천무진이 이내 입을 열었다.

"이게 그렇게 위험한 물건이라 이거군."

"지금도 늦지 않았어. 여기서 멈추면 돼. 그 장부에서 손 떼고⋯⋯."

간절하게 말하는 두예진을 바라보던 천무진의 입가에 피식 비웃음이 걸렸다.

그 미소가 너무 불안했기에 그녀는 눈동자를 치켜떴다.

"너, 너 설마⋯⋯."

불안해 보이는 목소리가 들려오는 그때 천무진이 아무렇지 않게 장부를 펼쳤다. 그리고 그 모습을 본 두예진이 비명을 내질렀다.

"안 돼!"

펼친 서책을 가볍게 쥐고 흔들며 천무진이 말했다.

"어쩌지? 이미 봐 버렸는데."

3장. 확신
— 투입할 수 없습니다

　두예진과의 싸움이 끝나고 얼마 되지 않아, 그곳으로 한천과 함께 이지강이 모습을 드러냈다.

　이미 전신의 혈도를 제압당해 사지를 움직일 수 없게 된 그녀는 사당 한구석에 거의 던져져 있다시피 자리하고 있었다.

　무림맹 무인들에게 자신들이 두예진을 제압한 사실을 숨기기 위해 직접적으로 수장인 이지강만을 불러온 것이다.

　주변을 두리번거리며 상황을 파악하는 그를 향해 천무진이 입을 열었다.

　"청아원 내부는 어떻게 됐습니까?"

"아, 그쪽은 이미 상황 정리 끝났습니다. 그곳에서 일을 하는 이들은 모두 포박해 뒀고, 갇혀 있던 아이들의 안전도 확보했습니다. 다만 일부 아이들의 상태가……."

말을 내뱉던 이지강의 표정이 딱딱하게 굳었다.

수백 명에 달하는 아이들이 몇 개의 창고에 갇혀 있었다. 더럽고 좁은 곳에 뭉쳐 있었으니 건강 상태가 그리 좋을 리는 없다.

허나 그들보다 일부 격리되어 있던 아이들의 상태가 더욱 좋지 못했다. 직접적으로 손찌검을 당한 흔적이 있거나 크게 다친 아이들이 있었던 것이다.

옆에서 듣고만 있던 백아린이 걱정스레 물었다.

"왜요? 위중한가요?"

"그래 보이더군. 특히 한 아이의 상태가 많이 좋지 못하네. 그 어린아이를 얼마나 때려 놨는지 온몸이 퉁퉁 부어 있을 정도야."

"……가지가지 하는군요."

말과 함께 백아린의 시선이 뒤편으로 향했다.

그곳에는 바닥에 널브러져 있는 두예진이 자리하고 있었다. 백아린이 채 움직이기도 전에 그보다 먼저 옆에 자리하고 있던 단엽이 발을 휘둘렀다.

퍽!

순식간에 두예진의 복부를 발로 걷어찬 그가 불쾌한 얼굴로 입을 열었다.

"망할 자식이네, 이거."

혈도를 점혈당한 탓에 어떤 반응은 하지 못하고 있었지만 부릅떠진 눈동자는 지금 그녀가 얼마나 큰 고통을 삼키고 있는지 말해 주는 듯싶었다.

그런 두예진을 향해 단엽이 비웃으며 말했다.

"아프냐? 그런데 어쩌냐. 난 안 아파서 내 주먹이 아플 때까지 널 패 줄 수도 있을 것 같은데."

자신의 쇳덩이 같은 주먹을 들이밀며 단엽이 살기를 터트렸다.

마음 같아서는 당장이라도 곤죽이 되게 만들어 버리고 싶었지만…….

어쩔 수 없이 주먹을 거두는 단엽의 모습을 바라보던 이지강이 시선을 천무진에게 돌려 물었다.

"뭐 더 얻으신 거라도 있으십니까?"

비밀리에 두예진과 그녀의 측근들을 쫓은 천무진이다. 뭔가 찾아냈냐는 질문에 천무진은 들고 있던 장부를 쥐고 흔들었다.

이지강이 눈을 동그랗게 뜨며 물었다.

"비밀 장부입니까?"

"그런 것 같습니다. 꽤나 중요하게 여기더군요."

"내용이 뭡니까?"

"글쎄요. 여러 가지가 꽤나 복잡하게 적혀져 있는 것 같아서 생각보다 알아내는 게 쉽지 않을 것 같습니다."

"흠 그렇다면 우선 맹으로 돌아가서 뒤처리에 관련된 조사를……."

"그럼 너무 늦습니다."

이지강의 말에 천무진이 작게 고개를 저었다.

오랜 시간 이곳을 거점 삼아 아이들을 납치해서 넘기던 세력들을 발본색원하는 데 성공했다.

그렇게 구해 낸 고아들, 하지만…… 이게 끝이 아니었다. 지금 위험에 빠져 있던 아이들이야 구해 내는 것에 성공했지만 이전에 당했던 이들의 행방은?

그것까지 마무리되지 않는 이상 이 일은 끝난 것이 아니었다.

천무진은 이내 들고 있던 장부를 근처에 있는 백아린에게 내밀었다.

비밀 장부는 총 두 권으로 되어 있었는데, 각자가 다른 용도로 사용되는 듯싶었다.

두 권의 장부라고는 하지만 이 안에는 꽤나 많은 숫자들과 거래 내역들이 복잡하게 적혀 있었다. 보통 사람이라면 내용 파악조차 어려울 정도로 난해한 자료.

허나 천무진은 여태 보아 온 백아린의 능력에 희망을 걸었다.

얼결에 장부 받아 든 그녀가 눈을 크게 뜬 채로 천무진을 응시할 때였다.

"무림맹에 돌아가기 전에 파악 가능하겠어?"

"……생각보다 복잡하다면서요?"

"맞아. 그래서 당신한테 보여 주는 거야. 다른 사람은 몰라도 그쪽이라면 다르니까."

천무진의 말에 백아린은 픽 웃었다.

다른 이도 아닌 그에게 인정을 받은 듯한 느낌이 썩 나쁘지 않았다.

그녀가 입을 열었다.

"인정을 해 주는 건지, 아니면 그런 식으로 부려 먹으려는 건지는 모르겠지만…… 한번 보죠."

말과 함께 백아린은 들고 있던 장부 두 권을 살피기 위해 가볍게 한천을 향해 손짓했다. 말을 하지 않았음에도 불구하고 무엇을 원하는지 이미 눈치챈 한천이 그녀의 옆으로 다가와 빠르게 나머지 장부를 들어 줬다.

장부의 내용을 훑는 백아린의 눈동자가 빠르게 움직였다. 덩달아 그녀의 손가락도 휙휙 종이를 넘기고 있었다.

그저 가볍게 스윽 스윽 보고 넘기는 듯한 모양새.

그걸 보고 있던 이지강이 조심스레 입을 열었다.

"시간이 별로 없습니다. 별동대도 기다리고 있는 지금 저렇게 봐서 뭘 알기는……."

"시간을 잠시만 주시죠."

천무진은 걱정스러워하는 이지강을 향해 대답했다.

누가 봐도 그냥 대충 획획 넘기는 것으로 보일 만큼 빠르게 보고 있지만 천무진은 분명 기억하고 있다.

그녀의 뛰어난 기억력을.

백아린이 있었기에 그들에 대한 많은 단서들을 찾아냈고, 여기까지 올 수 있지 않았던가. 홍천관의 관주였던 금호의 거처에서 얻어 낸 장부에 적힌 숫자들마저도 모두 기억하던 놀라운 능력.

과거로 돌아오고 적화신루와 손잡기로 했던 자신의 선택이 옳았음을 몇 번이고 느끼게 해 준 여인이다.

두 권의 장부를 이 각 정도의 시간 동안 살펴본 그녀가 고개를 들었다.

기다렸던 천무진이 곧바로 물었다.

"장부 내용을 파악하는 데 얼마나 걸릴 것 같아?"

"자세히는 좀 걸려요. 하지만 간단하게는…… 이미 끝났어요."

끝났다는 말에 뒤편에서 이야기를 듣고 있던 이지강이 당황스러운 표정을 지어 보였다.

고작 이 각 정도밖에 안 되는 시간이다. 저 장부 두 권을 다 읽는 것만으로도 모자랄 법한 그 시간에 그 내용까지 어느 정도 파악했다는 말이었으니까.

깜짝 놀란 이지강과는 달리 어느 정도 예상했다는 듯 천무진이 고개를 끄덕이며 입을 열었다.

"내용이 뭔데?"

그의 질문에 백아린이 장부 하나를 든 채로 간단하게 설명했다.

"이건 아이들의 거래 시기와 인원이 적혀져 있어요. 역시 이런 종류로 고아들을 납치한 건 고작 일이 년 정도 사이에 벌어진 게 아니에요. 이 장부로만 봐도 무려 십오 년이 넘는군요."

"……십오 년이나 말인가?"

놀란 듯 물어 오는 이지강을 향해 백아린이 설명을 이어 갔다.

"네, 매년 세 번에서 네 번씩 천 명에 달하는 아이들을 옮겼어요. 그렇게 이들의 손으로 넘어간 아이들의 숫자는 오만 명이 넘는 걸로 되어 있네요."

"오, 오 만?"

이들의 손에 사라진 고아들의 숫자가 수만이 넘을지도 모른다는 말은 이미 맹주를 통해 전해 들었었고, 이지강 또한 어느 정도 염두에 두고 있었다.

하지만 막상 정말로 구체적인 숫자를 직접 귀로 듣자 그 충격은 이루 말할 수 없었다.

대체 그 많은 아이들을 잡아다가 무슨 짓을 벌였단 말인가.

무림 역사상 그 전례를 찾기 어려울 정도로 끔찍한 사건이 될지도 모른다는 생각에 이지강의 입술이 바짝바짝 말라 갔다.

백아린의 설명이 이어졌다.

그녀가 다른 장부를 들고 말했다.

"이건 자금줄에 관련된 거예요. 당장에 봤을 때는 그냥 이런저런 용도로 쓰인 돈들에 대한 내역이긴 한데…… 조사해 보면 자금의 흐름을 어느 정도 파악해 낼 수도 있을 것 같아요. 운이 좋다면 이들의 돈이 들어오고 나간 것을 통해 모종의 세력을 찾아낼 수도 있고요."

아쉽게도 이 부분은 좀 더 세밀한 정보가 필요했고, 단순히 머리로 해결할 수 있는 부분이 아니었다.

그랬기에 이 자금 쪽 조사는 적화신루를 통해 보다 깊게 파고들어야만 했다.

하지만 정작 중요한 이야기는 이제부터 시작이었다.

백아린이 의미심장한 표정으로 말을 이었다.

"이 장부에는 청아원의 숨겨진 재산도 정리돼 있어요. 그런데 하나 중요한 게 있더군요."

"그게 뭐지?"

중요한 게 있다는 말에 천무진이 서둘러 물었다.

그녀가 장부를 통해 알게 된 것을 말하기 시작했다.

"소유한 배가 있어요. 그것도 세 척이나요. 크기가 꽤 큰 걸 보면 아이들을 실어 나르기 위해 구입된 물건이 분명해요."

"육로가 아니라 수로로 이동을 했다는 건가?"

"네, 애초부터 이곳 청아원이 최종 목적지가 아닌 이상 어딘가로 또 이동을 해야 했겠죠. 그 상황에서 아무리 마차에 꽁꽁 감춰 두고 움직인다 해도 천 명이 넘는 고아들을 움직인다는 건 분명 눈에 띄는 일일 거예요. 아마도 가까운 곳까지만 마차를 이용했고, 그 이후엔 배로 한 번에 이동시켰겠죠."

백아린의 말은 분명 일리가 있었다.

청아원이 있는 지금 이곳 합포에서 관도를 타고 남쪽으로 쭉 내려가면 바다가 나온다. 이곳만큼 바닷길을 이용하기 용이한 장소는 그리 많지 않다.

애초부터 이곳 합포에 이 같은 장소를 만든 것 자체가 바로 그 뱃길을 이용하기 위해서일지도 모른다는 생각이 강하게 들었다.

두 사람의 대화를 듣고 있던 이지강이 안타깝다는 듯 탄식을 터트렸다.

"하아, 배를 타고 움직였다면 그 뒤를 어찌 쫓는단 말인가."

아쉽게도 수로는 흔적이 남지 않는다.

물길이란 언제나 원래대로 돌아오는 법이니까.

배를 타고 움직였다면 그 후에 그들이 어디로 향했는지는 다시 오리무중이다. 그들이 그 배를 타고 광동이나 남만으로 넘어갔는지, 아니면 아예 다른 나라로 갔을지 모르는 일이니까.

결국 먼저 끌려간 고아들의 행적을 알아내는 것은 불가능하다고 생각하는 이지강을 향해 백아린이 고개를 저으며 답했다.

"아뇨, 이미 답은 나왔어요. 그들은 분명 섬으로 갔을 거예요."

확신 어린 그녀의 말에 이지강이 이해가 안 간다는 듯 물었다.

"섬? 대체 그걸 어찌 그리 장담하는가."

"이처럼 많은 아이들을 납치했어요. 그리고 어딘가로 옮겼죠. 뭐, 한두 번이었다면 문제가 생기지 않았을 수도 있지만 십오 년이에요. 그 긴 시간 동안 이런 말도 안 되는 일을 벌였는데 전혀 문제가 생기지 않았다는 건 그만큼 은밀하고 외부에 드러나지 않는 장소로 갔다는 말이니까요. 이 모든 것에 부합되는 곳으론 바로 외딴 섬이 최적이죠."

백아린의 긴 설명을 들으며 이지강은 자신도 모르게 고개를 끄덕이고 있었다.

"……그래 맞아. 총관 말대로 그럴 공산이 아주 크겠어. 자네 아주 대단하군."

실로 감탄스러웠다.

장부를 빠르게 파악해 낸 것만으로 모자라 조각나 있는 정보들을 모아 이처럼 하나의 그림을 완성시키는 능력은 가히 발군이다.

그제야 이지강은 천무진이 보였던 그녀에 대한 막연한 믿음이 왜 생겨난 것인지 어렴풋이나마 알 수 있었다.

백아린은 자신이 알아낸 것에 대해 계속해서 설명을 이어 나갔다.

"이렇게 많은 숫자의 아이들을 잡아 가둘 정도라면 섬 크기 또한 꽤나 커야 할 거예요. 그리고 이 근처에 그만한 크기의 섬은 두 개가 있죠. 우선은 가장 큰 섬인 해남도예요."

해남도는 중원 최남단에 위치한 곳이자, 구파일방의 하나인 해남파가 있는 곳이기도 하다. 해남도는 말이 섬이지, 하나의 자그마한 나라라고 봐도 손색이 없을 정도로 커다란 땅을 지니고 있었다.

허나 이곳일 가능성은 그리 높지 않았다.

백아린이 말했던 전제 조건인 은밀함과는 거리가 있었기 때문이다. 이 섬에는 많은 이들이 살고 있고, 또한 해남파가 있다.

아주 만약에 해남파가 그들과 깊게 연루되어 있다면 모를까, 그렇지 않고서야 해남도에서 그런 일이 벌어졌을 거라 보기는 어려웠다.

백아린은 곧바로 다음 장소를 입에 올렸다.

"그리고 다른 한 곳은 사해도(四海島)라는 곳이에요. 이곳은……."

사해도라는 이름이 나오는 바로 그 순간 천무진의 나지막한 목소리가 들려왔다.

"……흑마신(黑魔神)?"

말을 내뱉은 천무진의 표정은 딱딱하게 굳어 있었다. 그런 그의 묘한 표정을 읽은 백아린이 조심스레 답했다.

"맞아요. 사해도는 흑마신의 거점이죠. 왜요? 무슨 문제라도 있어요?"

"……."

어찌 사해도와 흑마신이라는 이름을 잊을 수 있을까. 사해도는…… 자신이 저번 생에서 수백이 넘는 무인들을 궤멸시켰던 곳이다.

정체 모를 그녀의 부탁으로 자신은 이곳 사해도로 들어가 그곳에 있는 흑마신과 그의 수하들을 모두 죽였다. 그리고 그 임무를 수행하기 위해 그녀에게서 자령신공(紫靈神功)이라는 반쪽짜리 무공을 받았다.

바로 처음 마공을 익히게 되었던 그때다.

그리고 그 대가로 천무진은 얼굴을 잃었다.

괴물처럼 녹아 버렸던 얼굴.

그렇게 다른 이들이 자신을 두려워하기 시작했던 결정적 사건이 벌어진 장소.

그곳이 바로 사해도였다.

천무진은 자신도 모르게 손으로 얼굴을 어루만졌다. 당시 손가락에 느껴졌던 그 끔찍한 감촉이 너무도 생생했다.

'사해도와 흑마신…….'

백아린의 판단은 정확했다.

자신이 저번 생에서 정체 모를 그녀의 부탁으로 없앴던 사해도와 지금 가장 유력한 후보지가 일치한다.

이것이 우연일 리가 없지 않은가.

저번 생에서는 알지 못했던 진실.

사해도는 그저 사파의 거두인 흑마신의 거점이라고만 생각했거늘…….

'그곳이…… 그런 곳이었구나.'

수많은 아이들이 실험에 사용되고 죽어 나간 슬픈 섬. 그걸 긴 시간이 지난 이제야 알았다.

천무진이 확신 어린 목소리로 입을 열었다.

"사해도다. 거기로 아이들이 끌려간 게 분명해."

"저도 그럴 확률이 높다고 생각하긴 하지만 아직 확실한 증거는……."

"아니, 거기가 맞아."

백아린은 뭔가를 알고 있다는 듯이 딱 잘라 말하는 천무진의 모습을 가만히 바라봤다.

자신이 모르는 뭔가를 알고 있는 사내다.

그리고 그건 지금 또한 마찬가지인 듯싶었다.

천무진이 급하게 말했다.

"서둘러서 움직여야겠군. 사해도라면 그리 멀지 않으니……."

그때였다.

"설마 사해도로 들어가실 생각이십니까?"

놀란 듯 질문을 던진 건 다름 아닌 이지강이었다.

천무진은 고개를 끄덕였고, 이내 그가 절대 안 된다는 듯 말했다.

"무립니다. 아무리 무림맹의 별동대라고 하지만 이들만으로 사해도에 들어간다는 건 곧 죽겠다는 소립니다. 추가적으로 병력을 요청하여 들어가셔야 합니다."

사해도는 흑마신의 땅이다.

그곳에는 뛰어난 흑마신의 수하들 또한 즐비해 있었기에, 지금의 별동대 정도로는 근처에 가는 것조차 목숨을 걸어야 할 일이다.

안다.

그렇지만 과연 그들이 가만히 기다려 줄까?

지금 추가적인 병력을 받아 내기 위해서는 꽤나 긴 시간이 소요된다. 가장 가까운 해남파를 움직이기 위해서도 무림맹주의 정식적인 요청이 있어야 한다.

허나 서찰이 오고 가는 데에만 해도 무려 한 달 이상은 걸릴 거리.

바깥에 있는 이들이 당했다는 사실은 곧 사해도에 알려질 것이고, 그렇게 된다면 그들에게는 도망치고도 남을 충분한 시간이 주어진다.

천무진이 답했다.

"지원군을 기다리기엔 시간이 없습니다. 아시지 않습니

까? 그때라면 이미 놈들은 모두 사라질 겁니다."

"……죄송합니다. 수하들의 목숨을 책임지는 것 또한 제가 해야 할 일입니다. 뻔히 모두 죽을 걸 아는 작전에 수하들을 투입할 수는 없습니다."

천무진을 돕기 위해 이곳까지 온 이지강이다. 그리고 어떻게든 그를 도우라는 임무를 받은 것도 사실이다.

허나 별동대의 수장으로서 수하들을 지켜 내는 것 또한 그가 해야 할 일. 자신이 보기에 전혀 승산이 없는 싸움에 괜한 무림맹의 소중한 무인들을 죽게 놔둘 수는 없다 판단을 내렸다.

물론 천무진 또한 그런 이지강의 생각을 이해했다.

말대로 사해도에 들어서는 건 분명 위험한 일이다.

저번 삶에서 그 역시 정체 모를 그녀의 부탁에 혼자의 힘으로는 불가능하다고 말했고, 결국 마공을 익혀 더욱 강해진 후에서야 그들과 싸움이 가능했다.

그만큼 위험한 장소.

무리라며 손사래 치는 이지강의 모습을 가만히 바라보던 그때였다.

뒤편에서 백아린의 목소리가 들려왔다.

"……가죠."

천무진이 고개를 돌려 그녀를 바라봤다.

백아린이 담담하니 말을 이었다.

"우리 넷이 가요."

＊　　　＊　　　＊

마차 한 대가 남쪽을 향해 빠르게 달리고 있었다.

그 마차 안에 자리한 이들은 다름 아닌 천무진 일행이었다. 지금 그들은 바다와 닿아 있는 남양이라는 마을로 향하는 중이었다.

이들이 남양으로 가는 이유는 하나였다.

바로 사해도로 들어갈 배를 구하기 위해서다.

청아원의 일이 마무리된 상황에서 천무진은 결국 자신의 일행들만 끌고 움직여야 했다. 추가 병력을 받은 후에 움직이자는 이지강의 강한 만류가 있었지만 천무진은 거절했다.

자신이 아는 그들이라면 제아무리 이곳 청아원의 일을 숨기려 한다고 해도 금방 상황을 알아차릴 거라는 확신이 있어서다.

그들이 도망치기 전에 먼저 움직여야 하는 상황이라는 걸 잘 알기에 청아원의 뒤처리를 이지강에게 모두 맡긴 채로 이렇게 네 사람만 달랑 목적지로 달리고 있는 중이었다.

그런데 재밌게도 흑마신의 거점인 사해도에 가는 이들의 얼굴이라고는 믿기 어려울 정도로 모두가 평온해 보였다.

천무진은 생각에 잠겨 있었고, 백아린은 그곳에서 가져온 비밀 장부를 다시금 확인했다. 거기다 정말 별생각 없어 보이는 한천까지.

단엽은 덜컹거리는 마차에서 세 사람을 바라보다 기가 차다는 표정을 지어 보였다.

결국 그가 입을 열었다.

"어이, 지금 우리가 가는 사해도가 어떤 곳인지는 알아?"

장부를 바라보던 백아린이 힐끔 그에게 시선을 주고는 이내 짧게 답했다.

"대충은?"

"설마 이번에도 내가 어떻게 해 줄 거라 생각하고들 있는 건 아니지?"

일전에 무림맹의 별동대들이 구천회에게 잡혔을 때는 단엽의 힘을 이용해 쉽게 빠져나왔다. 같은 사파이자, 대홍련의 부련주라는 직책이 있었던 덕분이다.

허나 이번엔 아니다.

맞은편에 앉아 있던 한천이 화색을 띠며 물었다.

"오, 그게 됩니까?"

"아니 안 돼."

"에이, 괜히 기대했네."

"그게 되겠냐? 그놈들은 사파에서도 골칫거리라니까. 말귀가 통하는 놈들이 아니야."

흑마신이 이끄는 사파의 무리를 사람들은 흑마련(黑魔聯)이라 일컬었다. 이들은 사파를 대표하는 네 개의 세력 바로 뒤에 순위로 분류될 정도로 큰 힘을 지녔다.

거기다 흑마련을 상대하는 데 있어 가장 까다로운 점은 바로 이들이 섬에 있다는 점이다.

이들은 특별한 일이 없는 한 자신들의 거점인 사해도에서 나오지 않았다.

그건 생각보다 까다로운 문제였다.

자신들의 지역에서만 싸운다는 말이었고, 그곳이 천연의 요새나 다름없는 섬이라는 점도.

흑마련의 대표 고수는 당연히 흑마신이다.

그렇지만 그를 제외하고도 위험한 고수들이 몇 있었는데 그중에 가장 눈여겨볼 이들은 흑사귀(黑四鬼)라 불리는 흑마신의 최측근 네 명이다.

그들은 하나같이 무림에 이름이 쟁쟁한 고수들이었다.

단엽이 골치 아프다는 듯이 말했다.

"그 흑마련 놈들을 바깥으로 빼낼 수만 있다면 진짜 별거 아닌데 말이야. 하여튼 그놈의 사해도가 문제라니까."

사해도에 대해서는 외부에 크게 알려진 것이 없다. 그곳에 흑마련이 있다는 것을 제외하고는 말이다.

들리는 소문에 의하면 들어서는 초입에 꽤나 많은 함정들이 있어서 외부의 침입자를 완벽히 차단한다는 이야기도 있다.

중얼거리는 단엽을 향해 한천이 장난스럽게 말했다.

"뭡니까? 설마 긴장한 겁니까?"

"긴장은 무슨! 그냥 좀 귀찮겠다 싶은 거지."

단엽이 발끈했다.

하지만 사실 아니라고 말은 하면서도 단엽은 이번 여정이 생각보다 힘들어질 수도 있다는 생각을 하고 있었다. 그만큼 흑마련이 만만치 않다는 걸 잘 알아서다.

그나마 다행이라면 지금 그곳으로 향하는 이들의 실력이 상당하다는 거다.

천무진과 한천, 그리고 이번에야 실력을 보게 된 백아린까지.

한 명 한 명 허투루 상대할 만한 이가 없었다.

'에라 모르겠다.'

다들 별걱정 없어 보이는 지금 자신만 괜히 전전긍긍하는 것이 어쩐지 손해를 보는 것 같아 단엽은 깍지를 낀 채로 마차의 벽에 기댔다.

그가 바깥을 보며 중얼거렸다.

"뭐 어떻게든 되겠지."

적어도 이 조합이라면 어디다 던져 놓아도 쉽사리 당할 거라는 생각은 들지 않았으니까.

*　　　*　　　*

"거긴 안 갑니다."

이번에도 돌아오는 대답은 거절이었다.

예상을 했는지 백아린은 곧바로 말을 받았다.

"금액은 얼마를 불러도 좋아요. 거기까지만 가 주시면 충분히……."

"어휴, 아무리 돈을 많이 주셔도 마찬가집니다. 거길 가는 미친놈은 여기 없을 겁니다."

중년의 선주는 절대 안 된다는 듯 고개를 저었다.

목적지인 남양에 도착하고 어느덧 한 시진이 훌쩍 넘었다. 그 시간 동안 천무진 일행은 사해도로 들어갈 배를 구하기 위해 돌아다녔다.

배는 꽤나 많았지만 그중 누구도 사해도로 가려는 이가 없었다.

"끄응, 이거 나룻배를 구해서 직접 노를 저을 수도 없고."

한천이 골치 아프다는 듯 중얼거렸다.

거리도 제법 멀었고, 거기다가 강이 아닌 바다다. 작은 나룻배로 갈 수 있는 수준이 아니라는 거다.

결국 배를 구하지 못한 천무진 일행은 우선 쉬기 위해 객잔으로 이동했다. 그렇게 객잔에 도착한 이들은 방을 잡고 그곳에서 식사를 주문했다.

자리에 둘러앉은 상황에서 백아린이 먼저 입을 열었다.

"사해도로 들어갈 배를 구하는 게 쉽지 않을 거라고 예상은 했지만…… 이거 생각보다 더한데요?"

"그만큼 이곳 사람들이 흑마련을 두려워한다는 소리겠지."

천무진의 말대로였다.

이곳 남양은 사해도와 가장 가까운 마을이었다. 당연히 흑마련을 두려워할 수밖에 없었다.

"시간이 얼마 없어요. 적화신루를 통해 배를 구하려고 해도 시간이 좀 걸릴 것 같은데…… 아, 단엽 네 쪽은 어때?"

백아린의 질문에 단엽이 고개를 저으며 대꾸했다.

"여기는 우리 세력권이랑 거리가 좀 있어서 나도 바로는 힘들 것 같은데."

"흐음, 결국 어떻게든 여기에서 해결을 봐야 한다는 말인데……"

백아린이 골치 아프다는 듯 중얼거릴 때였다.

점소이 소년이 주문했던 음식을 가지고 모습을 드러냈다. 커다란 쟁반 위에 담겨져 있는 음식을 내려놓는 소년을 물끄러미 바라보던 천무진이 입을 열었다.

"꼬마야."

"예?"

아직 어린 티가 물씬 나는 소년은 자신을 부르는 천무진을 향해 시선을 돌렸다.

그가 물었다.

"혹시 인근에 무슨 상단이라고 있지 않았나?"

"상단이요? 음……."

잠시 생각하던 점소이 소년은 이내 고개를 끄덕이며 대답했다.

"남양에 있는 상단은 아닌데 인근 마을에 두 개 정도 있어요."

"그 상단들 이름이 뭐지?"

"금황상단(金皇商團)이랑 남해상단(南海商團)이요."

"그래, 고맙다."

말과 함께 천무진은 동전 몇 개를 점소이에게 건넸다. 소년이 기분 좋게 실실 웃으며 대꾸했다.

"별것도 아닌데요, 뭘."

점소이에게 인근에 있는 상단에 대해 묻는 천무진의 갑작스러운 행동에 나머지 세 명은 의아한 표정을 지어 보였다.

하지만 다른 이가 있는 자리에서 물을 수는 없었기에 그들은 점소이 소년이 나가기를 기다렸다. 그렇게 모든 음식을 전해 주고 소년이 사라진 바로 그때였다.

궁금한 것에 대해 묻기도 전에 천무진이 먼저 입을 열었다.

"식사 끝내고 곧바로 금황상단의 배편을 알아봐."

"네? 그건 왜요?"

되묻는 백아린을 향해 천무진이 찻물을 마시며 아무렇지 않게 대꾸했다.

"그들의 배가 사해도로 들어갈 거야. 금황상단은 비밀리에 흑마련과 거래하는 곳이니까."

"그걸 어떻게 알아요?"

"……그냥 알아."

딱히 대답할 말이 없었기에 천무진은 그냥 안다고만 말했다.

사실 이건 세상에 알려지지 않은 비밀이었다.

섬의 가장 큰 문제는 역시나 물자가 부족하다는 것이다. 그리고 그걸 해결해 주는 것이 바로 금황상단이다. 그들은 아무도 모르게 흑마련이 필요한 식자재와 필수품들을 납품해 왔다.

천무진이 이 같은 사실을 아는 이유는…… 저번 삶에서의 기억 덕분이다.

그때에도 천무진은 금황상단을 이용해 흑마련이 있는 사해도로 들어갔다.

그랬기에 천무진은 어떻게 아냐는 질문에 딱히 할 대답을 찾지 못한 것이다. 저번 생에서 알았다는 소리를 할 수는 없었으니까.

백아린은 아무런 설명도 하지 않는 천무진을 가만히 바라봤다.

분명 뭔가가 있지만…….

"알겠어요. 그럼 알아보죠."

저녁 식사가 끝나고 백아린은 곧장 한천과 함께 금황상단의 배편에 대해 알아내기 위해 움직였다. 그리고 천무진은 홀로 객잔을 나와 바닷가로 향했다.

어느새 주변은 어두컴컴해져 있었다.

그렇게 도착한 바닷가.

얼굴로 밀어닥치는 바닷바람은 거칠었고, 꽤나 서늘하기도 했다.

그렇게 바다를 앞에 둔 채로 천무진은 먼 곳을 응시했다. 이곳에서는 눈으로 보이지 않을 그곳, 사해도가 있는 방향을.

밤바다는 묘한 분위기를 풍긴다.

당장이라도 사람을 집어삼킬 것만 같은 파도가 철썩였다.

천무진은 말없이 선 채로 끝없이 펼쳐진 바다를 바라보고 있었다.

'이곳에 다시 올 줄이야.'

그에게는 끔찍했던 기억 중 하나를 안긴 곳이 바로 사해도다. 아주 오래전이기도 했고, 정신을 조종당하던 때인지라 기억이 가물가물하긴 했지만, 이곳에 왔었던 때의 기억이 아주 없는 건 아니었다.

당시의 자신은 괴물이었다.

얼굴이 반쯤 녹아 망가지고 처음 나섰던 여정.

사람들의 수군거림과 무서워하는 표정들이 떠올랐다. 거기다 주기적으로 찾아오던 복부를 찢는 것만 같은 고통까지.

사해도에 있는 모두를 도륙했던 과거의 삶.

어쩌면 지금 또한 그때와 똑같은 일을 벌여야 할지 모른다. 적어도 지금 천무진에게 흑마련은 적이라는 확신이 있었으니까.

허나 같은 일이라고 해도 그 의미는 달랐다.

당시엔 정체 모를 그녀와 그녀의 뒤에 있을 그들을 위해 흑마련을 없앴지만, 이번엔 다르다.

'나를 위해서다. 이번 생에서의 모든 싸움은 나를 위해서.'

지금의 정황으로 보면 분명 흑마련은 자신이 찾는 그들과 같은 편이다. 그런데 과거의 삶에서 그들은 흑마련을 제거하려 했다.

대체 무슨 연유에서였을까?

의심할 수 있는 건 역시나 흑마련이 그들의 눈 밖에 났을 거라는 것 정도다.

물론 그건 한참 후의 일이겠지만.

그렇게 한참을 서서 바다를 바라보고 있을 때였다.

"거기서 뭐 해요?"

뒤편에서 들려오는 익숙한 목소리에 천무진은 슬쩍 고개를 돌렸다. 그곳에는 하얀 백의를 입은 백아린이 자리하고 있었다.

"옛날 생각 중."

천무진이 짧게 대답했다.

그녀가 그런 그를 향해 다가와서 나란히 섰다.

천무진이 옆에 선 그녀를 바라보며 물었다.

"여긴 어떻게 알고 왔어?"

"단엽이 말해 주던데요. 잠깐 밤바다 보러 가겠다며 나갔다고. 저한테는 일 시켜 놓고 혼자서 이렇게 여유로운 시간을 보내고 있을 줄은 몰랐네요."

백아린의 장난스러운 말에 천무진은 피식 웃었다.

"별로 좋은 시간은 아니었어. 안 좋은 일들을 떠올리고 있었거든."

"……그래요?"

말을 하며 백아린이 작게 고개를 끄덕였다.

알고 있었다.

바다를 바라보는 천무진의 눈동자에 감돌고 있는 어둠을 보았으니까.

그걸 알기에 오히려 농담처럼 말을 건넸던 것이다.

덕분에 한결 편안해진 어투로 천무진이 화제를 돌렸다.

"금황상단의 배편은 알아봤어?"

"네, 알아봤어요. 다행히 주기적으로 배편이 있어서 그리 오래 기다리지 않아도 될 것 같아요."

"언제지?"

"내일이요."

"그나마 오늘은 쉴 수 있겠군."

다행이라는 듯 말하며 천무진은 손으로 자신의 얼굴을 어루만졌다. 손끝에 말끔한 자신의 피부가 만져졌다.

괴물이 되어 이곳에 섰던 자신과 지금의 자신.

백아린이 가만히 서 있는 천무진의 옆구리를 팔꿈치로 가볍게 툭 쳤다.

그가 시선을 돌리자 그녀가 웃는 얼굴로 말했다.

"뭐 해요. 단엽이랑 부총관이 술 마시자고 기다린대요. 둘이 객잔 술 전부 동나게 만들기 전에 어서 가죠."

"……그놈의 술들은."

투덜거리며 천무진은 얼굴을 어루만지던 손을 내렸다.

그때의 삶에선 혼자 흑마련 전부와 싸워야 했기에 마공을 익히게 됐다.

허나 이번엔 다르다.

이번엔…… 혼자가 아니었으니까.

4장. 사해도
— 저 안에 숨지

　금황상단은 이곳 남양 인근에서 알아주는 상단이었다. 그들은 꽤나 큰 규모를 지녔고, 특히나 수로를 통해 벌어들이는 부가 막대했다.

　스무 척에 달하는 상단의 배를 통해 먼 곳까지 거래를 튼 그들은 주기적으로 거래를 하기 위해 출항했다.

　특히나 비밀리에 진행하는 흑마련과의 거래는 꽤나 잦은 편이었다. 식자재와 필수품 모두를 지원하는 만큼 닷새 정도로 시간 차를 두고 주기적으로 배를 보냈다.

　남양에서 흑마련이 있는 사해도까지의 거리는 배를 타고 하루하고 반나절이 조금 걸리지 않았다.

언제나처럼 사해도로 향하는 배편이 준비에 한창이었다.

배를 책임지는 수장인 임우라는 사내가 수하들을 향해 빠르게 손짓했다.

"어이, 짐들 확인 끝냈어?"

"그럼요. 이미 한참 전에 끝났습니다. 이제 선적만 하면 됩니다."

금황상단은 본거지가 남양에 있는 것이 아니었기에 뱃길을 이용하기 위해서는 일차적으로 모든 짐을 나루터와 가까운 창고에 모은다. 그리고 그 짐들을 다시금 배에 나눠서 담는 걸로 준비를 끝낸다.

선적만 하면 된다는 말에 임우가 고개를 끄덕이며 말을 받았다.

"그럼 서둘러서들 마무리하자고. 오늘은 평소보다 짐이 더 많으니 빼먹지들 말고 실어."

"알겠습니다."

손가락 하나 까닥이지 않고 명령만 내리는 임우의 모습이 불만이긴 했지만, 배의 수장인 그의 지시는 절대적이었다.

결국 그렇게 짐을 나를 이들만 분주히 움직였다.

많은 배들이 움직이는 거점답게 남양의 나루터는 시끌벅적했다. 거기다 오늘 이곳에서 떠나는 금황상단의 배만 해도 무려 십여 척에 달했다.

물론 그중에 사해도로 향하는 배는 단 한 척에 불과했다. 나머지는 사해도가 아닌 다른 곳들과의 거래를 위해 움직일 예정이다.

비밀스러운 거래를 감추기 위해 사해도에 배를 보낼 때마다 다른 곳에도 함께 물건을 보내기 때문이다.

그런 세세한 부분까지 신경 쓴 덕분에 아직까지 금황상단이 흑마련과 거래를 한다는 사실이 드러나지 않을 수 있었던 것이기도 했다.

그렇게 오늘 떠나기 위해 기다리는 열 척의 선박.

몸을 감춘 채로 그 선박들을 바라보는 이들이 있었으니 다름 아닌 천무진 일행이었다.

숨어서 배를 바라보던 중 백아린이 골치 아프다는 듯이 말했다.

"저 배가 전부 들어가지는 않을 거 아니에요."

"맞아. 단 한 척만 사해도로 향하지."

"겨우 한 척이요?"

그냥 아무 배에나 무턱대고 타기엔 확률이 너무 낮다. 그녀가 뭘 걱정하는지 알아차린 천무진이 곧바로 말을 받았다.

"걱정하지 마. 사해도에 들어가는 배에는 표식이 있거든."

"표식이요?"

"응. 아무리 금황상단의 배라고 해도 그들은 허가받은 배만을 출입시키지. 그리고 그 표식은 바로 저 돛대 끝을 보면 되고."

하늘을 향해 서 있는 돛대들은 크게 특별난 건 없어 보였다. 그랬기에 뭐가 다른지 찾기 위해 하나씩 확인하던 백아린은 마침내 차이점을 발견해 낼 수 있었다.

"어?"

일반적인 돛대의 모양과는 다른 배 한 척이 있었다.

그 끝이 갈고리 모양으로 조금 휜 정도여서, 어떻게 보면 크게 다를 거 없다 생각할 만큼 미미한 수준이다.

거기다가 그 휜 부분에는 사과만 한 크기의 붉은 무늬가 새겨져 있어, 확실히 다른 배와 구분이 갈 수밖에 없었다.

백아린이 확신하듯 말했다.

"저 배군요."

"맞아."

"그럼 저희는 어떻게든 저 배에 잠입해야 한다 그 말이고요."

"그렇지. 순순히 우릴 태워 주지는 않을 테니까."

이처럼 비밀리에 흑마련과 거래를 이어오는 금황상단이다. 사해도까지 배를 태워 달라 할 수 있는 상대가 아니었다.

단엽이 물었다.

"주인, 잠입하는 거야 그렇다 쳐도 그 이후에는 어쩔 건데?"

사람이 없는 틈을 이용한다면 배에 숨어드는 건 어렵지 않다.

하지만 그 이후가 문제다.

배가 바다로 출항한 이후에도 그들의 눈을 계속해서 피해야 했으니까.

도망칠 곳이 없는 배 위에서 그건 생각보다 쉬운 일이 아니었다.

짐 사이에 숨어 있는다 해도 결국 들통이 날 확률이 높았다.

그렇게 되면 귀찮은 일이 벌어질 수밖에 없었다.

사해도에 도착하자마자 들어오는 배를 기다리고 있던 흑마련과 곧바로 전면전에 들어가게 될 공산이 컸으니까.

물어 오는 단엽의 질문에 천무진이 손가락을 들어 뭔가를 가리켰다.

"저기."

"저거 뭐?"

손가락이 가리키는 곳에는 짐을 싣고 있는 일꾼의 모습이 보였다. 단엽이 이해가 안 간다는 듯 말을 이었다.

"설마 짐꾼이라도 되자는 거야?"

"그럴 리가 있겠어. 곧바로 외부인인 게 들통날 텐데. 그거 말고 짐 이야기야. 저 안에 숨자고."

"아, 뭐야 그 소리였어?"

그제야 단엽이 고개를 끄덕였다.

천무진의 말대로 배에는 꽤나 큰 나무 상자들이 잔뜩 옮겨지고 있었다. 저 정도 크기라면 안에 몸을 감추는 것도 큰 문제는 없어 보였다.

옆에서 듣고 있던 한천이 입을 열었다.

"괜찮은 생각 같은데요. 어차피 도착해서 옮기기 전까지는 굳이 짐 상자를 열지는 않을 거 아닙니까."

"맞아. 우리는 눈치를 보다 중간에 빠져나오면 되고."

천무진은 배에 실리는 짐들을 바라보며 대답했다.

그렇게 잠시 짐들이 실리는 걸 숨어서 바라보던 천무진 일행들에게 기회가 찾아왔다.

배에 실어야 할 짐들을 모두 옮긴 일꾼들이 수장인 임우의 명령을 듣기 위해 모두 바깥으로 나온 것이다. 기회를 엿보던 천무진이 빠르게 말했다.

"지금이야. 가자."

말과 함께 천무진이 사람들의 시선을 피해 신속하게 움직였다. 그리고 그 뒤를 나머지 세 사람 또한 은밀하게 따라붙었다.

획.

순식간에 배 근처로 다가간 천무진은 아무렇지 않게 난간 너머로 날아올랐다. 먼저 배 위에 올라선 천무진은 주변을 살폈다.

이미 뛰어오르기 전부터 확인한 터라 인근에 아무도 없다는 걸 알긴 했지만, 혹시 모를 상황에 대비하기 위해서다.

뒤이어 백아린과 한천, 단엽이 배 위로 가볍게 착지했다.

네 사람은 곧바로 배에 있는 내부 공간으로 움직였다. 닫혀 있던 문을 조심스레 연 천무진이 안으로 들어섰다.

창 하나도 나 있지 않은 탓에 내부는 꽤나 어두웠다. 그렇지만 무인인 이들에게 이 정도 어둠은 전혀 걸림돌이 되지 않았다.

이들은 곧장 창고 깊숙한 곳으로 움직였다.

혹시 모를 상황을 대비해 안쪽에 있는 상자에 몸을 감추려 하는 것이다. 그래야 만약의 상황이 벌어져도 그것에 대비할 시간적 여유가 있을 테니까.

가장 가까이 있는 상자의 뚜껑을 열자 안에는 손질된 고기가 자리하고 있었다.

한천이 고개를 절레절레 저으며 말했다.

"여긴 도저히 안 되겠네."

하루가 넘는 시간을 숨어 있어야 할 장소.

아무리 그래도 이런 곳에 숨어 있기에는 비위가 상했기 때문이다. 빠르게 근처의 상자를 뒤지던 한천은 이내 그나마 괜찮은 나무 상자를 발견할 수 있었다.

그 안에는 배추가 가득 담겨 있었다.

'이 정도면 뭐…….'

한천은 배추의 일부를 들어 옆에 있는 나무 상자에 넣어 공간을 만들었다. 그리고도 좀 모자랐는지 손바닥으로 배추를 강하게 내려쳤다.

팍팍!

몇 번의 주먹질로 배추의 일부가 으깨졌다.

그렇게 억지로 공간을 만든 한천은 그 안으로 쏙 들어갔다. 그러고는 이내 만족스러운 얼굴로 고개를 끄덕였다.

고개만 빼 놓은 채로 배추들 사이에 자리하고 있던 한천이 이내 깨달았는지 입을 열었다.

"저기, 대장."

"왜?"

주변을 두리번거리며 마찬가지로 숨을 만한 상자를 찾던 백아린이 자신을 부르는 목소리에 그쪽으로 고개를 돌렸고, 배추 사이로 얼굴만 빼꼼 내밀고 있던 한천이 실실 웃으며 말했다.

"뚜껑 좀 닫아 주시죠. 그걸 생각을 못 했네요."

"하아."

그녀가 작은 한숨과 함께 옆에 있는 뚜껑으로 한천이 들어가 있던 상자의 위를 가려 줬고, 안에서 그의 목소리가 흘러나왔다.

"감사합니다, 대장. 그럼 나중에 뵙죠."

고개를 작게 저으며 막 몸을 돌리던 그때 이번엔 또 다른 쪽에서 단엽의 목소리가 들려왔다.

"어이, 나도 좀 부탁할게."

감자 더미에 몸을 감춘 단엽이 손만 번쩍 들어 올린 채로 말하고 있었다. 감자 더미 사이에서 손만 불쑥 튀어나온 모습이 괴기스럽게까지 보였지만…….

결국 백아린은 단엽이 숨어 있는 상자의 뚜껑까지 닫아 줘야만 했다.

그렇게 막 두 사람이 숨어 있는 상자의 뚜껑을 닫아 준 그녀가 자신이 은신할 장소를 찾으려 하는 바로 그때였다.

"각자 자리로들 가! 출항이다!"

웅성거리는 목소리와 함께 자신들이 숨어 있는 창고 쪽으로 다가오는 인기척이 느껴졌다.

백아린은 당황한 듯 주변을 두리번거렸다.

아직까지 자신이 숨을 상자를 정하지 못한 상황이었던

탓이다. 상자의 숫자는 제법 되었지만, 그 내부에 있는 물건에 따라 숨기 어려운 장소도 있었다.

백아린은 우선 천으로 아예 돌돌 감아서 대검이라는 걸 전혀 눈치채기 어려워 보이는 자신의 무기를 구석에 있는 짐 더미 사이에 던져 놨다.

이걸 짊어진 채로는 어떠한 상자에도 들어가기 어려워 보였기 때문이다.

'확인된 상자가⋯⋯.'

안에 든 것이 뭔지 확인하고, 또 공간을 만들어 낼 정도의 시간적 여유가 없었기에 백아린은 빠르게 선택을 내렸다.

그리 내키진 않지만 아까 전에 봤던 고기들이 가득 담겨 있는 상자에 들어가려고 마음을 먹은 것이다.

그녀가 막 고기가 든 상자를 열어젖히려는 그때였다.

딱.

손가락을 튕기는 소리에 백아린의 시선이 그쪽으로 향했다.

그곳에는 천무진이 있었다.

그가 백아린을 향해 이쪽으로 오라는 듯 손짓했다.

왜 자신을 부르는 건가 하는 생각보다 몸이 먼저 움직였다. 지금 같은 상황에 천무진이 괜히 자신을 부를 리가 없다는 확신이 있어서다.

나무 상자 안에 몸을 감추고 있던 천무진이 자신이 있는 이 안으로 들어오라며 손짓했다.

그제야 천무진의 생각을 알아차린 백아린이 움찔했다. 급히 만든 공간이다 보니 내부의 공간은 그리 크지 않았다.

순간 머뭇거리는 그녀를 향해 천무진의 전음이 날아들었다.

『빨리!』

백아린은 결국 고개를 끄덕이고는 곧바로 천무진이 자리하고 있는 나무 상자 안에 들어갔다.

천무진은 그 즉시 손에 쥐고 있던 뚜껑으로 위를 덮었다.

뚜껑이 덮이는 것과 거의 동시에 창고의 문이 열렸다.

덜컹.

안으로 들어선 두 명의 인물들은 창고 내부를 걸어 다니며 손가락으로 상자의 개수를 확인하면서 필요 없는 이야기를 이어 나갔다.

하지만 백아린의 귀에 그들의 목소리는 전혀 들리지 않았다.

지금 그녀의 귀에는 자신의 심장 소리만이 가득했으니까.

두근두근.

좁은 공간을 억지로 비집고 들어오면서 백아린은 얼결에 천무진에게 거의 안기다시피 한 자세가 되어 버린 것이다.

그녀는 그 좁은 공간에서 손으로 자신의 심장 부분을 꾸욱 눌렀다.

'왜 이렇게 난리니. 조용히 좀 해. 이 사람이 다 듣겠어.'

숨결이 느껴질 정도로 상체를 밀착한 상황.

백아린은 주체하지 못할 정도로 뛰는 자신의 심장에게 괜한 화를 쏟아 냈다.

제발 조용히 하라고 몇 번이고 간절히 소리쳤지만, 아쉽게도 널뛰기를 시작한 심장은 주인인 그녀의 부탁을 들어줄 생각이 없는 듯싶었다.

그나마 다행이라면 자신의 얼굴을 천무진이 보기 어려운 상태라는 점이었다.

만약 그렇지 않았다면 지금 붉게 달아오른 이 얼굴을 당장에 들키고 말았을 테니까.

백아린은 지금 자신의 모습에 심히 당황스러움을 금치 못했다.

미칠 듯이 뛰는 심장과 화끈거리는 얼굴까지.

'대체 왜 이러지?'

살면서 처음 느끼는 묘한 감정에 그녀는 평소의 냉정을 유지하는 것이 어려웠다.

자신의 품 안에서 백아린이 꿈틀거리는 걸 느껴서일까?

천무진의 전음이 날아들었다.

『왜 그래? 불편해?』

『……아뇨. 전혀요.』

백아린이 애써 아무렇지 않은 척 고개를 저었다.

어차피 이 상태를 유지해야 하는 지금으로선 그저 상자를 나갈 수 있는 때가 어서 빨리 오기를 바랄 수밖에 없었다.

그리고 이내 배가 가볍게 흔들렸다.

배가 나루터를 떠나 출항을 시작한 것이다.

그렇게 배는 서서히 남양을 떠나 목적지인 사해도를 향해 나아가고 있었다.

*　　　*　　　*

배가 출항을 하고 곧바로 다른 상자로 옮겨 가기로 마음먹었던 백아린의 계획은 생각처럼 빠르게 실행되지 못했다.

계속해서 창고 내부에 몇 명의 보초들이 자리하고 있었기 때문이다. 그 때문에 약 두 시진 가까이를 천무진에게 거의 안겨 있다시피 했던 그녀는 식사를 하기 위해 보초들이 자리를 비운 틈을 이용해서야 간신히 그곳에서 빠져나올 수 있었다.

그녀는 녹초가 되어 새로운 상자로 기어 들어갔다.

가만히 숨어 있기만 했을 뿐이거늘, 적들에게 둘러싸여 목숨을 걸고 싸웠을 때보다 더욱 기력을 소진한 기분이다.

그렇게 상자에서 죽은 듯이 쓰러져 얼마의 시간을 보낸 걸까. 백아린의 귓가로 외부의 소란스러운 소리가 들려왔다.

종종 시끄러운 목소리들이 들려오긴 했지만, 지금은 그 분위기가 조금 달랐다.

서두르라고 소리치는 목소리와 점점 속도를 줄이는 것이 느껴지는 배의 움직임까지.

백아린은 배가 자신들의 목적지 인근에 도착했음을 느낄 수 있었다.

'하아.'

정신을 차리기 위해 얼굴을 좌우로 흔들던 그녀는 이내 눈을 부릅떴다. 무려 하루 이상을 이렇게 멍하니 보내 버렸다.

그리고 도착한 목적지.

이제부터는 멍하니 있을 여유가 없었다.

이곳은 흑마신이 있는 사해도였으니까. 배를 정박시키기

위해 창고 내부에 있던 보초들도 모두 바깥으로 나갔을 때였다.

나무 상자 안에 있던 천무진이 그 안에서 몸을 일으켜 세웠다. 상자 바깥으로 나온 그가 입을 열었다.

"다들 나갈 준비해."

말이 떨어지기 무섭게 주변에 있던 세 개의 나무 상자의 뚜껑이 밀리며 그 안에 숨어 있던 이들이 모습을 드러냈다.

상자 뚜껑을 닫은 천무진이 짧게 명령을 내렸다.

"배가 정박하기 전에 뒤편으로 빠져나가야 해. 그 이후에 움직이면 흑마련의 놈들에게 들킬 수도 있으니까."

"그런데 정면으로 나갔다가는 걸리지 않을까요?"

자그마한 목소리로 물어 오는 한천을 향해 천무진이 걱정 말라는 듯 뒤편을 가리켰다.

"비상사태를 대비해 물건을 뺄 만한 뒷문이 하나 있어. 저쪽이라면 은밀하게 움직이는 게 가능할 거야. 시간이 없으니 우선 움직이지."

"그러죠."

정박을 한 이후라면 비밀리에 움직이는 것이 어려워질 것이기에 속도를 내야 했다. 한천은 가만히 서 있는 백아린을 향해 말했다.

"뭐합니까, 대장?"

"어?"

"무기 챙기셔야죠."

"아…… 그러게."

백아린은 황급히 옆에 던져 놓았던 천에 돌돌 감싸인 대검을 챙겨 등에 짊어졌다. 그러고는 이내 먼저 움직이는 천무진의 뒤를 쫓아 걸음을 옮겼다.

창고 뒤편으로 간 천무진의 손이 가볍게 벽면을 어루만졌다.

'분명 이쯤에 있었던 것 같은데…….'

예전의 기억을 더듬던 천무진은 결국 자신이 찾던 입구를 찾아낼 수 있었다.

벽면으로 보였던 곳이 슬쩍 밀렸고, 이내 그곳을 통해 바깥의 공기가 밀려들어 왔다. 선선한 바닷바람이 순간적으로 창고 내부를 가득 채웠다.

뒤편에 아무도 없음을 확인한 천무진이 입을 열었다.

"곧장 내 뒤를 쫓아와."

말을 마친 천무진은 곧바로 바깥으로 나가 배의 아래로 몸을 던졌다.

퐁.

경신술을 이용해 물에 빠지니 그 소리가 무척이나 작았다. 그리고 그 뒤를 따라가던 단엽 역시 곧바로 물속으로 뛰어내렸다.

둘이 뛰어들자 백아린과 한천 또한 곧장 그쪽으로 움직였다. 난간을 가볍게 박차며 아래로 몸을 날린 두 사람의 몸이 파도 속으로 사라졌다.

싸아아아.

밀려 나가는 파도.

그 안에서 천무진 일행들은 서로를 바라보며 수신호를 보내고 있었다.

천무진이 자신을 따라오라는 듯이 손짓하고는 어딘가를 향해 헤엄쳐 가기 시작했다.

빠른 속도로 물살을 가르며 나아가는 그의 뒤를 나머지 세 사람은 무작정 따랐다. 그렇게 네 명이 움직이는 사이 도착한 배는 선착장에 들어서고 있었다.

그리고 그 네 명은 선착장과는 다른 방향으로 움직이는 중이었다.

천무진은 몇 차례 슬쩍 고개를 내밀어 주변을 확인하면서 헤엄을 치며 일행을 이끌었다.

그 모습이 마치 어딘가를 찾기라도 하는 것 같았다.

백아린이 의아한 듯 천무진의 뒷모습을 바라봤다.

'여기 와 본 적이 있는 건가? 하지만 그러기에 이곳은……'

처음부터 사해도가 이들의 거점이라는 확신을 했고, 이내 금황상단의 배가 이곳에 온다는 사실도 알았다. 거기다 배에 있는 자그마한 뒷문까지 꿰고 있는 걸로 모자라 이곳의 지형을 아는 듯한 모습까지.

마치 이 모든 것을 이미 전부터 알고 있었던 것만 같은 모습이었다.

생각이 거기까지 미치자 백아린은 자신도 모르게 실소가 흘러나왔다.

'그럴 리가 없잖아.'

말도 안 되는 상상을 했다고 스스로를 비웃던 그 무렵 마침내 천무진이 멈췄다. 그가 멈추어 선 곳은 다름 아닌 수직으로 깎아진 듯한 절벽과 마주하고 있는 장소였다.

물 바깥으로 고개를 내민 그는 나머지 일행들 모두가 물속에서 나오자 손가락으로 위를 가리키며 말했다.

"이 절벽을 타고 움직이면 돼. 이쪽은 별 감시가 없을 테니 그리 어렵진 않을 거야."

말을 마친 천무진은 대답을 기다리지 않고 그대로 절벽의 툭 튀어나온 돌을 움켜쥔 채로 힘껏 몸을 위로 당겼다.

그의 몸이 빠르게 절벽을 거슬러 올라가기 시작했다.

절벽은 꽤나 높았고, 경사 또한 가팔랐지만 천무진의 몸은 순식간에 꼭대기까지 도달할 수 있었다. 절벽을 타고 오른 그가 제일 위쪽에 이르자 가볍게 손으로 바닥을 짚고는 몸을 일으켜 세웠다.

사해도의 곳곳이 보일 정도로 높은 지형이었다.

바다와 맞닿은 절벽도 그랬지만, 그냥 길목 또한 험난해서 쉽사리 오고 갈 이유가 없는 장소였다.

뒤이어 모습을 드러낸 단엽이 가볍게 휘파람을 불며 중얼거렸다.

"휘유, 대체 여길 어떻게 안 거야?"

이곳 사해도에 사는 사람이 아니라면 결단코 알 수 없는 장소였다. 사해도가 얼마나 폐쇄적인 곳인지 잘 아는 단엽으로서는 놀라울 수밖에 없었다.

"뭐 우연히."

천무진은 가볍게 말을 흘렸다.

뒤이어 올라온 백아린과 한천 또한 굳이 천무진이 왜 그런 절벽을 오르는 걸 택했는지 알겠다는 듯 고개를 끄덕였다.

이곳은 주변의 움직임을 감시하기 좋으면서도, 반대로 자신들의 모습은 최대한 숨길 수 있는 지리적 이점을 지녔다.

사람들이 오가는 길목도 아니니 이렇게 비밀리에 잠입하기에 무척이나 좋았다.

천무진이 모두를 바라보며 입을 열었다.

"여기서부터는 나와 한천만 움직이는 걸로 하지."

젖은 머리카락을 짜고 있던 백아린이 물었다.

"둘만요?"

"당장은 싸우기보다 먼저 알아내야 할 게 있잖아."

정면으로 치고 들어오지 않은 건 싸움이 보다 힘들어질 수도 있기 때문이기도 했지만, 그보다 더욱 큰 이유는 아이들이었다.

이곳으로 넘겨졌을 고아들의 행방을 확인하는 것이 가장 급선무였다.

그리고 그걸 알아내기 위해서는 직접 안으로 들어가야만 했다.

지금처럼 외부에서 온 금황상단의 인원들과 이곳에 있는 흑마련의 인물들이 뒤섞인 지금이 바로 기회였다. 잘만 이용하면 정체를 드러내지 않고 내부를 어느 정도 돌아다니는 것이 가능할 수도 있다.

금황상단의 인원들에게는 흑마련 소속인 척하고, 반대의 경우에는 또 그에 맞춰 행동하는 식으로 말이다.

천무진이 자신의 생각을 밝혔다.

"내부로 들어가 임무를 수행하기에 두 사람은 안 맞아. 우선적으로 단엽은 얼굴이 알려졌을 수 있어."

대홍련의 부련주인 단엽이다. 거기다가 운남성은 이곳과 그리 멀지 않다. 먼발치에서라도 그를 본 이가 있을 위험이 분명 존재한다.

백아린은 다른 의미로 위험했다.

저 외모는 이곳에서 큰 문제를 야기하기 충분하다는 판단이 들었다.

천무진이 백아린을 향해 말했다.

"그리고 그쪽은 얼굴이 너무 튀어. 그러니까 우선 두 사람은 이 근처에서 대기하고 나와 한천 둘만 저 무리에 섞이는 걸로 하지."

"저도 그게 좋을 것 같군요."

한천 또한 동조한다는 듯 고개를 끄덕였다.

백아린의 능력을 누구보다 잘 알지만 어디서든 눈에 띌 저 외모는 방해가 될 수도 있다.

아쉬워하던 백아린은 한천까지 이리 나오자 결국 고개를 끄덕일 수밖에 없었다.

그녀가 답했다.

"알겠어요. 그럼 저희 둘은 이곳에서 대기하죠. 혹시나 무슨 일이 있으시면 신호탄을 쏴요. 저희가 어떻게든 도우러 갈 테니까."

말과 함께 백아린은 품속에서 자그마한 막대기 모양의

뭔가를 꺼내 내밀었다. 아래쪽에 충격을 가하면 붉은 실처럼 얇은 폭죽이 쏘아지는 신호탄이었다.

신호탄을 건네받으며 천무진이 담담하게 답했다.

"그러지. 은밀하게 잠시 염탐하는 거라 이것까지 쓸 일은 없을 것 같지만."

말을 마친 그가 한천을 향해 가볍게 고갯짓을 했다.

"가자고."

그렇게 두 사람은 곧바로 가파른 산길을 타고 아래로 이동하기 시작했다.

가는 길에 몇 번이고 흑마련 소속의 무인으로 보이는 이들과 조우했지만, 먼저 기척을 숨긴 채로 몸을 감춘 덕분에 산 아래까지 내려가는 동안 그 어떠한 소란도 생기지 않았다.

곧바로 흑마련의 본거지로 향할 수도 있었지만 천무진은 일부러 배가 들어선 선착장으로 향했다. 그러고는 아주 자연스럽게 배에서 내려진 물건을 하나 들고 무리에 뒤섞였다.

천무진과 마찬가지로 한천 또한 짐을 든 채로 그의 옆에 따라붙었다.

애초부터 들어온 짐을 옮기기 위해 금황상단의 일꾼들과 흑마련의 무인들이 함께 물건을 나르고 있던 상황.

둘의 모습은 전혀 이질감이 없었다.

너무도 간단하게 무리들 사이에 스며든 채로 둘은 앞에서 걸어가는 이의 뒤를 묵묵히 쫓았다.

앞에 있는 이의 뒤를 조용히 따라 걷던 천무진의 눈에 이내 익숙한 곳이 서서히 모습을 드러냈다.

바로 흑마련의 본거지였다.

커다란 벽이 마치 성벽처럼 길을 막고 있었고, 그 입구와 위쪽은 수많은 무인들이 서서 삼엄하게 감시하고 있었다.

평소라면 비밀리에 들어간다는 것이 꽤나 어려웠겠지만 지금은 아니다.

천무진과 한천은 아무런 방해도 없이 사람들에 섞여 흑마련의 본거지 안으로 수월하게 들어설 수 있었다.

안으로 들어선 직후 주변을 둘러보던 한천의 감탄 어린 전음이 날아들었다.

『우와, 여기 생각보다 더 엄청나네요.』

커다란 성벽도 그랬지만 내부 또한 절로 탄성이 터져 나오게 할 정도로 잘 만들어져 있었다.

곳곳에는 높은 성루가 자리하여 혹시 모를 외부인의 침입을 감시했고, 또한 겹겹이 쌓여 있는 외벽들은 이곳을 마치 난공불락(難攻不落)의 성처럼 느껴지게 만들었다.

놀라는 한천을 향해 천무진이 답했다.

『놀라긴 아직 일러. 여긴 겨우 입구에 불과하거든.』

『허허, 돈들을 어지간히 벌었나 봅니다. 이런 거점도 다 있고.』

『시답지 않은 소리는 됐고. 아이들이 이곳에 있다면 어디에 있을 것 같아?』

『당연히…… 아무나 들어갈 수 없는 안쪽이겠죠.』

고아들을 데리고 와서 인체에 뭔가 실험을 하고 있다는 건 결코 드러나서는 안 되는 비밀이다. 오늘 이곳에 온 금황상단 같은 이들에게도.

당연히 혹시 모를 일에 대비해 가장 깊숙한 곳에 아이들을 데리고 있을 것이 분명했다.

외부에서는 절대 볼 수 없고, 안에서도 빠져나올 수 없는 곳.

'안쪽까지 몰래 잠입하는 건 쉽지 않을 텐데…….'

외부를 먼저 수색하며 뭔가 단서를 찾아볼 생각이긴 하지만 최악의 경우 안쪽까지 들어가야 할 수도 있다.

하지만 그렇게 되면 지금 천무진이 생각했던 상대편 쪽 사람인 척하며 속이는 건 먹히지 않을 것이다. 그곳은 아무나 드나들 수 없을 테니까.

결국 그 상황이 오게 되면 작전을 변경하는 수밖에 도리가 없었다.

이후의 일에 대해 고민을 하며 발을 옮기던 천무진의 감각 안으로 갑자기 묘한 그리움과 강렬함이 밀려들었다.

움찔.

천무진은 불현듯 강력하게 받은 이 느낌에 자신도 모르게 발걸음을 멈춰 섰다.

옆에서 걷던 한천이 슬쩍 그를 바라보며 물었다.

『왜 그러십니까?』

허나 천무진은 한천의 전음에 대답하지 않고 입을 열며 중얼거렸다.

"이 느낌은……."

그 말과 함께 천무진은 홀린 듯 갑자기 옆으로 걸음을 옮겼다. 놀란 듯 한천이 주변을 두리번거리며 곤란한 표정을 지어 보였다.

허나 천무진은 그에 아랑곳하지 않고 몇 걸음 더 나아갔다.

그리고 이내 그의 시선에 아주 멀리 떨어진 단상 위에 자리한 하나의 물건이 들어왔다.

그 단상의 주변으로는 붉은 끈이 둘려 있어 출입을 금하고 있었다.

그리고 그 단상의 위에는 마치 신물처럼 자리하고 있는 커다란 바위 하나가 있었다.

천무진은 그 바위를 뚫어져라 노려봤다.

츠츠츠츠!

수십 장 이상 떨어진 거리.

그럼에도 불구하고 느낄 수 있었다.

이 울음소리, 그리고 이 느낌까지도.

천무진의 시선이 향하는 곳은 그 바위가 아니었다. 정확히는 그 커다란 바위를 관통한 채로 자리하고 있는 검의 손잡이. 그것이 바로 천무진의 시선을 꽉 부여잡고 있었던 것이다.

천무진에게 저 검 손잡이는 너무도 익숙했으니까.

검은 색의 손잡이.

그리고 그 손잡이에 새겨진 붉은 악귀의 형상.

저번 삶에서 죽는 그 순간까지 자신의 옆을 지켜 주었던 칠신기(七神器) 중 하나.

'네가 왜 여기에…….'

천무진의 검, 천인혼(千人魂)이었다.

5장. 내부 조사
— 두 번쨴가

　천무진이 바위에 박혀 있는 천인혼을 발견하고 정신이
팔려 있는 그때였다.

　"어이, 이봐! 거기 뭐 하는 거야?"

　대열을 이탈해서 옆에 서 있는 천무진을 향해 험상궂어
보이는 사내가 표정을 찡그린 채 다가오고 있었다.

　당장이라도 뭔가 사고가 날지도 모른다는 생각에 한천
이 빠르게 둘 사이에 끼어들어 천무진의 옷자락을 잡아챘
다.

　"이 친구야, 그쪽이 아니라니까."

　옷자락을 쥐고 흔든 한천의 손놀림 덕분에 천무진이 서

둘러 정신을 추슬렀다. 그러고는 이내 다가온 사내를 향해 슬그머니 입을 열었다.

"죄송합니다. 잠시 딴생각을 하다가……."

곧바로 사과를 하는 천무진의 모습에 사내는 가볍게 혀를 차며 말을 받았다.

"쯧. 그쪽 길은 네가 출입할 수 있는 곳이 아니니 조심해. 정신 똑바로 차리고."

"알겠습니다."

고개를 끄덕인 천무진은 곧바로 한천과 함께 대열 사이에 다시금 끼어들었다.

모든 일을 철두철미하게 해 나가던 천무진이다. 그러던 그가 갑자기 뭔가에 홀린 듯 멍하니 시선을 주고 있으니 한천으로서는 당황스러울 수밖에 없었다.

한천이 조심스레 전음을 날렸다.

『무슨 일이라도 생긴 겁니까?』

『아니야. 그냥…… 옛날 생각이 잠시 나서.』

『갑자기 웬 옛날 생각입니까?』

『그런 게 있어.』

전음으로 대충 대화를 끝낸 천무진의 시선이 다시금 옆으로 향했다.

멀리 떨어져 있는 곳에 위치한 금지된 장소에 자리한 천

인혼이 눈에 들어온다. 천인혼에게서 눈을 떼지 못한 채로
천무진이 힘겹게 걸음을 옮겼다.

궁금한 게 많았다.

왜 이곳에 천인혼이 있는지, 그리고 마치 자신을 기다렸
다는 듯 울어 대는 저 검의 울음소리는 무엇이었는지도.

하지만 아쉽게도 지금의 천무진으로서는 그 어떠한 것에
대한 해답도 찾을 수 없었다.

그저 묵묵히 앞으로 나아가는 이들의 뒤를 쫓을 뿐이었
다.

짐을 든 두 사람은 그렇게 창고로 향했다.

꽤나 커다란 창고 몇 개가 순식간에 가득 찼다.

그만큼 많은 양의 물건들이 금황상단의 배를 타고 이곳
으로 전달되어진 것이다. 몇 개의 짐을 더 나르고 나자 일
은 끝났고, 이내 일행들은 모두 넓은 공터로 안내되었다.

그곳에는 식사를 위해 음식들이 준비되어져 있었다. 꽤
나 많은 이들을 위한 연회. 오늘 이곳에 온 금황상단의 사
람들을 위해 술과 식사를 준비해 둔 것이다.

물론 이 연회에 금황상단의 뱃사람들만 자리하는 건 아
니었다. 상당수의 흑마련 인물들 또한 이 연회에 참석했다.

하지만 그들 대부분은 흑마련에서 낮은 위치에 있는 이
들이었다.

섬이다 보니 그들의 입장에선 술을 마음껏 마실 기회가 흔치 않았다. 그 때문에 이런 연회에 몰리는 건 아무래도 흑마련 내의 하급 무사들이었다.

그러다 보니 말이 연회지 그저 많은 일꾼들이 뒤섞인 술자리라고 봐도 무방했다. 이런 자리에 흑마련의 주요 인물들이 나설 이유가 없었다.

"자자, 먼 길들 오느라 고생들 하셨는데 와서 식사들 하면서 한잔하시구려!"

거뭇거뭇한 수염이 가득한 거구의 사내가 너털웃음을 터트리며 크게 소리쳤다. 쩌렁쩌렁한 고함 소리에 사람들은 가까이 있는 빈자리에 착석했다.

이백에 가까운 인원들이 뒤섞인 커다란 술자리에서 천무진이 슬그머니 일어섰다.

순식간에 달아오른 분위기, 오래 이곳에 있다가는 자신들의 정체가 드러날 수도 있다 여겨서다.

천무진이 곧바로 한천을 향해 전음을 날렸다.

『이봐, 부총관. 움직이자고.』

『에에? 벌써요?』

『여기서 계속 있을 생각이야?』

『이런, 눈앞에 술을 두고 가야 한다니…….』

아쉽다는 듯 입맛을 다시는 한천을 향해 천무진이 재차

전음을 날렸다.

『아니면 이곳에 있다가 잡혀가든가. 뭐, 알아서 하라고.』

말을 마친 천무진은 곧바로 몸을 돌려 뒷간이 있는 방향으로 움직였다. 매몰차게 가 버리는 그의 뒷모습을 보며 한천이 엉거주춤 몸을 일으켜 세웠다.

그러고는 앞에 있는 잔을 들어 곧바로 입 안에 술을 털어넣으며 전음을 날렸다.

『가, 같이 갑시다!』

서둘러 천무진의 뒤를 쫓아 다가온 한천이 천무진을 향해 투덜거렸다.

"거, 사람이 그렇게 매몰차면 못 쓰는 법인데…….."

근처에 사람이 없었기에 천무진 또한 직접 말로 대꾸했다.

"부총관은 술에 눈이 팔리면 정신을 못 차리니 이런 식으로 강하게 나가라고 그쪽 대장이 가르쳐 주던데?"

"하아, 하여튼 우리 대장은 날 너무 잘 알아서 문제라니까."

투덜거리며 한천은 어색한 웃음을 지어 보였다.

작은 목소리로 대화를 나누던 두 사람은 순간적으로 뒷간이 있는 건물의 벽을 돌았다. 그리고 약속이라도 한 것처럼 천무진과 한천의 몸이 귀신처럼 사라졌다.

스스슥.

둘은 순식간에 거리를 벌려 연회장과 멀리 떨어진 어딘 가에 이르러서야 모습을 드러냈다.

나무 사이에 몸을 감춘 채로 둘은 주변을 둘러봤다.

일부러 사람들이 많이 오고 가지 않을 법한 외곽으로 움직였고, 예상대로 주변엔 아무도 보이지 않았다.

천무진이 슬쩍 하늘을 올려다봤다.

해가 서서히 사라지고 있는 시각, 아직 밤은 오지 않았지만, 곧 주변이 어둑어둑해질 거라는 걸 알 수 있었다.

천무진이 전음을 날렸다.

『아무래도 둘이 같이 움직이는 것보다는 나눠서 움직이는 게 나을 것 같은데.』

『그럼 그렇게 하죠.』

『그 전에 하나 묻고 싶은 게 있는데.』

묻고 싶은 게 있다는 말에 한천은 고개를 돌려 천무진을 바라봤다.

천무진이 진지한 눈빛을 한 채로 물었다.

『내가 그쪽 실력을 어느 정도까지 믿으면 되는 거지?』

단엽을 통해 한천이 보통 무인이 아니라는 이야기는 들었다. 그리고 며칠 전 청아원의 일을 해결할 때도 잠깐이지만 그의 실력을 눈으로 확인했다.

분명 단엽의 말대로 일개 정보 단체 부총관의 실력은 아니었다. 허나 그렇다고 해서 자신이 한천에 대해 정확하게 파악했다고 여기기엔 아는 게 부족했다.

그랬기에 이 모든 걸 시작하기 전 어느 정도라도 한천의 실력에 대해 가늠해 두려 하는 것이다. 그래야 보다 정확하게 상황 판단이 가능해질 테니까.

천무진이 말하고자 하는 바의 의미를 알아서일까?

한천이 뒷머리를 긁적였다.

『음. 뭘 기준으로 말씀을 드려야 하나…….』

뭔가 딱 잘라 말할 만한 기준이 없었기에 그가 고민하고 있을 때였다.

천무진이 더 답을 기다리지 않고 전음을 날렸다.

『이곳의 수장 흑마신에 대해 알지?』

『어휴, 그럼요. 그 무시무시한 사람을 어찌 모르겠습니까. 사파 내에서도 지독한 놈이라고 소문이 자자하지 않습니까.』

사파의 인물들조차 꺼릴 정도로 잔혹한 성정과 포악한 짓을 일삼았던 것이 바로 흑마신이다. 그가 이곳 사해도로 거점을 잡은 것도 중원에는 적이 너무 많기 때문이라는 소문이 있을 정도로.

살 떨린다는 표정을 짓고 있는 한천에게 천무진이 다시금 전음을 보냈다.

『아니까 됐네. 그럼 물을게. 부총관 당신과 흑마신이 붙었을 때 승산은?』

지금 천무진의 질문을 누군가가 듣는다면 기가 막힌다는 표정을 지어 보일 게다.

흑마신이 누구인가?

사파에서 알아주는 고수 중 하나다.

중원 최고 고수를 뜻하는 우내이십일성에는 들지 못하지만, 그 바로 뒤를 잇는 인물이라고 봐야 옳다. 천무진은 지금 그런 엄청난 자를 적화신루의 일개 부총관과 비교하고 있는 것이다.

그건 어른과 어린아이를 비교하는 것 이상이었다.

절대로 같은 선상에 이름을 놓을 수 없는 둘.

그런데…….

한천이 곤란하다는 표정을 지어 보였다.

『아이고, 그자는 너무 강한데…….』

허나 천무진이 듣고 싶은 대답은 이런 게 아니었다.

그가 다시금 딱 잘라 물었다.

『그래서 이길 수 있어? 없어?』

말과 함께 천무진의 시선이 한천의 눈동자를 똑바로 응시했다. 그러자 이내 한천이 씩 웃으며 나지막이 전음을 날렸다.

『……있습니다.』

기가 막힌 질문에 이어 돌아온, 기가 찰 대답까지.

한천의 믿을 수 없는 대답을 마주하고 있던 천무진이 고개를 끄덕였다.

『좋아, 그럼 부총관이 이쪽을 맡아. 시간이 그리 많지 않으니 의심스러워 보이는 곳 위주로 확인해 줘.』

천무진이 손으로 얼추 방향을 가리키며 말했다. 지도가 없는 이상 정확한 분담은 어렵고 어느 정도 자신의 기억을 더듬어 구역을 나눈 것이다.

한천이 고개를 끄덕이며 물었다.

『어디서 만날까요?』

『우선은 일행들과 헤어졌던 거기서 만나지.』

『알겠습니다. 그럼 저 먼저 움직이죠.』

『조심해. 들키면 골치 아파지니까.』

걱정 말라는 듯 씨익 웃어 보인 한천은 이내 어둠 속으로 천천히 사라졌다.

그가 시야에서 사라지자 천무진이 주변을 둘러봤다.

'그럼 나도 슬슬 움직여 볼까.'

천무진의 몸이 빠르게 땅을 박차고 달리기 시작했다.

쉭쉭.

보다 안쪽으로 움직이며 천무진은 주변의 모든 기척에 감각을 집중시켰다. 납치된 아이들이 잡혀 있을 장소를 찾기 전까지는 자신들의 존재가 드러나서는 안 된다.

순식간에 흑마련의 본거지 안쪽 깊숙이까지 잠입한 천무진은 이내 벽에 몸을 기댔다.

옆에서 일련의 무리들이 왁자지껄 떠들며 걸음을 옮기고 있었다.

숨죽인 채로 벽에 기대 있던 천무진의 시선이 주변을 살폈다.

'이쪽이었던가?'

워낙 오래전의 일이라 완벽하지는 않지만 단 하나 확실히 기억하는 길이 있다.

바로 흑마련의 수장인 흑마신의 거처로 향하는 길목이다.

과거의 삶에서 천무진은 백아린과 단엽을 대기시켜 둔 그곳에서부터 곧바로 흑마신을 죽이러 들어왔었다. 빠른 길을 타고 그가 있는 거점을 먼저 기습했고, 이내 몰려들던 다른 흑마련 무인들과 계속해서 싸움을 벌였다.

당시 흑마신이 빠져나가는 바람에 상당히 곤란했던 기억이 얼핏 났다. 허나 결국 그가 이 사해도를 빠져나가기 전에 잡아서 목을 날려 버렸지만 말이다.

어렴풋이 기억나는 길목을 바라보던 천무진이 이내 주변을 지나가는 이들이 사라지자 담장을 껑충 뛰어넘었다.

탁.

가볍게 착지한 천무진의 시선이 주변을 확인했다.

　눈길이 닿는 먼 끝자락에 찾고 있던 흑마신의 거처가 보였다. 석탑 모양의 전각은 무려 오 층으로 되어 있었다.

　'그대로네.'

　외부는 다른 건물들과 다르게 화려하면서 그 크기 또한 컸다. 처음 보았을 때보다 훨씬 시간이 흐른 후인데, 우습게도 건물의 외관은 그때보다 더욱 새것처럼 보였다.

　허나 그건 당연한 것이다.

　실제로 천무진이 찾아오게 되었던 건 지금부터 십 년 정도 흐른 후였으니까.

　목표물을 확인한 천무진은 곧바로 움직였다.

　달리는 와중에 그는 슬쩍 한쪽으로 시선을 돌렸다. 흑마신의 오 층 전각이 있는 곳과 다소 떨어진 곳에 위치한 단상이 눈에 들어왔다.

　바로 천인혼이 박혀 있는 돌이 자리한 단상이다.

　사실 천무진은 이곳에 오기 전에 저곳을 먼저 들를까 하는 고민도 했다.

　그토록 그리웠던 천인혼이 눈앞에 있었으니까.

　그렇지만 천무진은 애써 그런 생각을 접었다.

　지금은 천인혼을 회수하는 것보다 먼저 해야 할 일이 있어서다.

아까 전 처음 천인혼이 있는 단상 위를 확인했을 때만 해도 그 주변에는 그것을 지키는 것으로 보이는 무인 몇 명이 자리하고 있었다.

그들을 제거하면서까지 천인혼을 회수한다면 자신들의 존재를 드러내는 꼴밖에 되지 않는다. 해야 할 일이 있는 지금으로선 아쉬워도 참는 수밖에 도리가 없었다.

천무진은 순식간에 흑마신의 거점과 거리를 좁혔다.

어느 정도 거리에 이르자 그는 움직임을 멈춘 채로 근처의 상황을 살폈다.

'역시 예상대로 경비가 삼엄하군.'

수장인 흑마신의 거처여서일까?

아니면…… 이 안에 감출 뭔가가 있어서일까.

근처의 경비는 무척이나 철통같았다.

수십여 명의 무인들이 줄지어 주변을 돌았고, 각 층의 바깥에도 몇 명이 되는 무인들이 각자의 자리에서 주변을 살피고 있었다.

섬이다 보니 오랜 시간 그 누구의 침입도 없었을 터인데 이처럼 삼엄한 경비라니…….

허나 많은 숫자의 무인들을 보자 오히려 천무진의 입가에는 미소가 걸렸다.

'맞힌 건가?'

천무진이 주변에 의심스러워 보이는 몇몇 장소들을 무시한 채 곧바로 이곳 흑마신의 거처로 온 건 역시나 의심스러운 구석이 있었기 때문이다.

그리고 그건 전생의 기억과 관련이 있었다.

자신이 이곳에 들이닥쳤던 그때 흑마신은 이곳 건물을 비밀리에 빠져나갔다.

천무진은 그 점이 의심스러웠다.

자신이 분명 똑똑히 살피고 있었는데, 아무리 싸움을 하는 혼란스러운 와중이라도 자신의 눈을 피해 도망칠 순 없었다.

그럼에도 불구하고 흑마신은 이곳을 빠져나가 배를 타는 인근까지 도주하는 데 성공했다. 만약 당시 천무진이 조금만 늦었다면 결국 그는 배를 타고 사해도에서 도망치는 걸 성공했을지도 모른다.

그렇다면 역시 결론은 하나였다.

저 건물 내부에 사해도 어딘가와 이어져 있는 비밀 통로가 존재하고 있다는 것이다. 그리고 그 비밀 통로는 천무진이 찾고 있는 그 고아들이 있는 장소와 연관이 있을 확률이 높았다.

다만 문제는…….

'내부로 들어가 그곳을 어떻게 찾아야 할지 모르겠군.'

비밀리에 잠입하는 것까지야 큰 문제는 아니었다.

마음만 먹는다면 어떻게든 방도를 만들어 낼 수도 있을 테니까. 다만 문제는 들어간다고 해도 어디에 비밀 통로가 있는지 알아내는 것은 쉽지 않다는 점.

허나 딱히 다른 단서가 없는 지금으로선 그저 직접 부닥쳐 보는 수밖에 방도가 없었다.

천무진의 시선이 전각 꼭대기로 향했다.

아무래도 아래로 들어가는 것보다는 저 지붕 위로 잠입하는 것이 감시를 피하는 데 훨씬 용이할 것이다.

답이 나오자 천무진은 다시금 기척을 감춘 채로 움직이기 시작했다.

손만 뻗으면 닿을 정도로 가까운 거리에 보초를 서는 무인이 있었음에도 불구하고 그자는 주변의 지형지물에 몸을 은신한 채로 스쳐 지나가는 천무진의 존재를 눈치채지 못했다.

빠르게 보다 안쪽으로 움직인 천무진은 곧바로 옆에 있는 돌을 박차며 허공으로 치솟았다.

슈슈슉!

날아오르는 와중에도 주변의 기척을 확인하며 천무진은 조심스레 움직였다.

일직선으로 지붕 위로 타고 올라가는 것이 아니라, 옆으로 이동하기도 하면서 아래와 각 층을 감시하는 이들의 시선까지 완벽히 피할 수 있는 동선을 따라 움직였다.

다행히도 해가 저문 덕분에 움직이는 건 생각보다 훨씬 수월했다.

지붕 꼭대기에 오른 천무진이 이내 안쪽으로 잠입하기 위해 창문들을 확인하던 그때였다.

쿠웅.

커다란 소리와 함께 일 층의 정문이 벌컥 열렸다.

지붕 위에서 아래를 바라보던 천무진이 서둘러 몸을 낮췄다. 몸은 지붕의 바닥과 밀착한 상황에서 그는 아래쪽의 동태를 살폈다.

열린 문을 통해 일련의 무리가 모습을 드러냈다.

그들의 모습을 살피던 천무진의 눈동자가 한 명에 이르러 멈춰 고정되었다.

사십 대 중반의 나이.

날카로운 분위기에 머리는 뒤로 확 틀어 묶은 무척이나 거친 인상의 소유자였다. 올라간 입꼬리와 예리한 눈초리는 그자의 성격이 무척이나 잔혹하다는 걸 말해 주는 것만 같았다.

그자의 정체는 바로 흑마신이었다.

'……양휴에 이어서 이걸로 두 번짼가.'

자신이 죽였던 이와 마주하는 경험.

전생에서 죽였던 상대를 보고 있으니 참으로 묘한 기분이 든다. 그것도 한참은 젊어진 상대를.

흑마신은 주변에 있는 수하를 불러 뭔가를 지시하는 듯싶더니 이내 안에서 함께 나온 이들과 바깥으로 움직였다.

그 모습을 보는 순간 천무진의 눈동자가 빛났다.

건물 내부를 조사하는 데 있어 가장 거치적거리는 존재는 당연히 흑마신이었다.

그는 흑마련의 최고 고수였으니까.

그런 흑마신이 직접 자신의 발로 자리를 비워 주고 있다.

이건 다시없을 기회였다.

천무진이 갑자기 아래로 휙 하고 몸을 던졌다.

순식간에 바닥으로 떨어져 내릴 것만 같은 상황, 그의 손이 지붕의 끝자락을 움켜잡았다. 동시에 몸의 반동을 이용한 천무진이 열려 있던 창문 안쪽으로 휙 하고 빨려 들어가듯 사라졌다.

탁.

순식간에 전각 내부로 들어선 천무진이 천천히 상체를 들어 올렸다.

깜깜한 내부.

어두운 공간을 확인하며 천무진이 가볍게 몸을 풀었다.

가능하면 흑마신이 돌아오기 전까지 비밀 통로나, 그와 관련된 어떠한 단서라도 찾아내야 한다.

그가 걸음을 내디뎠다.

'좋아, 시작해 볼까.'

*　　*　　*

수하들을 대동한 채로 흑마신은 어딘가로 향하고 있었다.

그의 뒤편에 따르는 십여 명의 수하들.

그 안에는 흑마련을 대표하는 네 명의 고수인 흑사귀들 또한 자리하고 있었다. 그들까지 대동한 채로 흑마신이 도착한 곳은 바로 흑마련 내부의 성역, 일명 사해신전(四海神殿)이라 불리는 곳이었다.

사해신전이라는 거창한 이름이 붙긴 했지만, 이곳엔 딱히 대단한 물건이 존재하는 건 아니었다.

단 하나, 바위에 박혀 있는 천인혼을 제외하고는.

그리고 흑마신이 다급히 이곳에 온 이유는 바로 그 천인혼 때문이었다.

천인혼을 지키는 무인들 중 하나가 수장인 흑마신의 등장에 황급히 무릎을 꿇으며 예를 갖췄다.

"련주님을 뵙습니다!"

"됐고. 대체 무슨 소리야 그게? 천인혼이 울었다고?"

"예, 그렇습니다. 저희도 이유는 잘 모르겠는데 한 시진 좀 전쯤에 갑자기 웅웅 소리를 내면서 낮게 떨리던 터라……."

말을 하는 사내 또한 이걸 어떻게 설명해야 하나 하는 곤란한 표정을 짓고 있었다.

검명(劍鳴).

일명 검의 울음소리라 하는 것이다.

일반적으로 검과 그걸 사용하는 무인이 하나가 되었을 때 느끼는 정신적 교류를 뜻할 때 사용된다.

그런데 칠신기로 불리는 신검인 천인혼은 모두가 들릴 정도로 웅웅 소리를 내며 울어 댄 것이다.

흑마신이 불편한 표정을 지어 보인 채로 입을 열었다.

"우선 확인해 봐야겠군."

"이리로 오시죠."

사내는 흑마신과 그의 수하들을 천인혼이 박힌 돌이 있는 단상에 오르는 계단으로 안내했다.

그 계단 앞에 이르자 흑마신이 짧게 명령을 내렸다.

"흑사귀들 제외하고는 아래에서 대기해."

"옙."

수하들에게 명을 내린 그는 곧바로 흑사귀들만을 대동한

채 계단 위로 걸음을 옮겼다. 계단은 꽤나 길었지만, 무인인 그들은 몇 번의 도약만으로 간단히 가장 위쪽에 도달할 수 있었다.

단상 위에는 커다란 바위가 자리한 채였다.

크기는 흑마신의 머리 높이 정도였고, 두께는 성인 장정 세 명이 함께 감싸 안아야 손이 닿을 정도로 컸다. 그런 커다란 바위 정중앙에 자리하고 있는 검의 손잡이.

검은 손잡이에 새겨진 붉은 악귀의 형상이 마치 흑마신 자신을 바라보고 있는 것만 같은 묘한 기분이 들었다.

가만히 천인혼의 손잡이를 바라보고 있을 때였다.

뒤편에서 흑사귀들 중 가장 위인 일귀가 입을 열었다.

"지금은 별 이상이 없는데요?"

"애초에 잘못된 보고 아닙니까? 갑자기 얌전하던 이놈이 왜 웁니까? 쩝, 처음부터 이상하다 생각했습니다. 검이 혼자 울다뇨. 하여튼 아랫놈들의 쓸데없는 호들갑 때문에 괜한 헛걸음만 했군요, 칫."

삼귀가 고개를 절레절레 저으며 마음에 안 든다는 표정을 지어 보였다. 갑작스러운 보고에 식사까지도 거르고 이곳에 온 상황이 그리 탐탁지 않아 보였다.

삼귀의 말에 가만히 천인혼을 응시하던 흑마신이 짧게 말했다.

"들은 것이 한둘이 아니라면 허튼 호들갑은 아니지."

말과 함께 흑마신의 손이 천천히 천인혼의 손잡이를 움켜잡았다. 그러고는 이내 바위에 박혀 있는 검을 강하게 잡아당겼다.

파앙.

검은 그리 어렵지 않게 바위에서 뽑혀 나왔다.

피를 머금은 듯한 붉은 검신이 세상에 모습을 드러냈다.

헌데…….

붉은 검신은 순식간에 그 빛을 잃고 보통의 검처럼 변해 버렸다.

동시에 흑마신의 표정이 돌변했다.

"큭!"

넘치는 기운이 검의 손잡이를 타고 몸 안으로 스며들어 왔다. 그는 곧바로 천인혼은 원래 있던 바위의 구멍 안으로 밀어 넣었다.

카앙!

검 끝이 바위 속에 있는 공간과 맞부딪치는 소리가 들린 직후에야 흑마신은 쥐고 있던 천인혼의 손잡이를 놓았다.

그의 얼굴은 고통으로 붉게 달아올라 있었다.

일귀가 황급히 물었다.

"괜찮으십니까, 련주님?"

"버틸 만해. 다만…… 더 날뛰는 느낌이군."

천인혼은 주인을 선택하는 무기다.

선택받지 못한 이가 검을 쥐면 천인혼은 놀랍게도 본래의 모습을 보여 주지 않는다. 방금 전 붉은 검신이 하얗게 변한 것도 그 증거다.

거기다가 손잡이를 통해 커다란 힘을 발산해 검을 쥔 자를 도리어 고통스럽게 만든다.

이 천인혼에 욕심을 내어 몇 번이고 쥐어 봤던 흑마신이다. 그리고 그때마다 매번 지금과 같은 고통을 느껴야 했는데, 그의 경험상 이번은 뭔가 달랐다.

예전보다 더욱 큰 고통이 밀려든 느낌.

'대체 이 변화는 무슨 의미지?'

흑마신은 탐욕이 가득한 눈빛으로 천인혼의 손잡이를 바라봤다.

전설로 내려오는 신병이기의 하나인 천인혼을 눈앞에 두고도 가질 수 없는 이 상황이 무인인 그에게 얼마나 큰 고통인지는 이루 말하기 어려울 정도였다.

거기다가 자신이 선택받지 못하고 있다는 사실은 무인으로서 자존심을 상하게 만드는 부분이기도 했다.

주인을 선택하는 특별한 신검 천인혼.

그런 천인혼의 갑작스러운 울음이 의미하는 바는 과연 무엇일까?

흑마신이 물었다.

"오늘 사해도로 들어온 자가 있느냐?"

"글쎄요. 금황상단의 작자들 말고는……."

이귀가 특별할 것 없다는 듯이 말꼬리를 흐렸다.

여전히 천인혼에서 눈을 떼지 못한 채로 흑마신이 나지막이 중얼거렸다.

"금황상단이라."

＊　　　＊　　　＊

흑마신의 거처인 오 층 전각의 크기는 무척이나 컸다. 옆으로의 면적도 넓었지만 매 층마다 놓인 천장도 바닥으로부터 상당한 높이에 있어서 더욱더 커다란 느낌을 줬다.

천무진은 전각 내부에 들어선 직후 빠르게 구조를 확인했다.

예전의 기억을 더듬은 덕분에 이동하는 건 한결 수월했다. 아무래도 흑마신과 그의 주요 일당들이 나가서인지 내부의 감시는 그리 심하지 않았다.

천무진은 벽을 이용하거나, 내부의 계단을 통해 계속해

서 아래로 움직였고 결국 목표였던 일 층에 도착하는 데 성공했다.

우습게도 정문으로 들어오면 가장 가까운 일 층이, 지붕을 통해 잠입하니 가장 멀 수밖에 없었다.

그가 곧바로 일 층으로 움직인 이유는 역시나 비밀 통로를 찾기 위해서였다. 아무래도 비밀 통로라면 지하와 연결되어 있는 경우가 대다수였으니까.

무척이나 넓기도 했고, 오고 가는 이들이 있었기에 천무진은 최대한 신중하게 내부를 살폈다.

의심스러워 보이는 물건은 직접 손으로 만져 봤고, 내부를 오고 가는 무인들의 움직임 또한 예의 주시했다.

허나…….

'젠장, 역시 쉽지 않네.'

처음부터 간단하지 않을 거라는 것 정도는 충분히 예상했던 바. 아무리 살펴봐도 뭔가 의문스러운 것 자체가 보이지 않았다.

바닥을 두드려 보기도 하면서 비어 있는 공간을 찾아보려 했지만, 의심스러운 장소조차 보이지 않는 상황이었다.

주어진 시간은 그리 많지 않았다.

청아원이 발각되었다는 소식이 곧 그들의 귀에 들어갈

테고, 당연히 그곳과 연관된 사해도에 대해서도 조치를 취할 테니까.

어떤 식으로 이 난관을 헤쳐 나가야 하나 고민에 잠겨 있던 그때였다.

덜컹.

들려오는 미세한 소리에 천무진의 시선이 자연스레 뒤편에 있는 창문으로 향했다. 순간 위쪽에서 뭔가의 움직임이 느껴졌다.

천무진이 움찔하며 막 방비를 하는 그 찰나였다.

투욱.

천무진의 시선으로 뭔가가 휙 하니 스쳐 지나갔다. 그리고 그것이 무엇인지 아는 건 그리 어렵지 않았다.

그건 분명 사람이었다.

놀란 천무진이 서둘러 창가 쪽으로 다가가 바깥을 확인했다.

이곳 거점의 뒤편으로는 가파른 경사가 있었고, 그 아래로는 바다와 이어지는 물줄기가 흐르고 있었다.

천무진의 시선이 떨어진 사람을 향해 움직였다.

위쪽에서 떨어진 그 사람은 데굴데굴 비탈길 아래로 구르고 있었다. 마치 실 끊어진 인형처럼 힘없는 모습을 보며 천무진은 알 수 있었다.

살아 있는 자가 아니라는 것을.

천무진은 서둘러 손을 움직였다.

파앙!

날아간 검이 비탈길 아래에 있는 물줄기로 빠지려는 상대의 옷을 꿰뚫고 땅에 틀어박혔다.

덕분에 구르던 몸은 일순간 멈춰 설 수 있었다.

천무진은 곧바로 창틀을 박차고 바깥으로 뛰쳐나갔다. 동시에 그는 시체가 떨어진 위쪽으로 시선을 돌렸다. 그리고 막 열렸던 자그마한 틈이 닫히는 장면을 목격할 수 있었다.

그걸 확인하는 순간 천무진의 시선이 꿈틀했다.

삼 층과 사 층 사이다.

'저기에 뭐가 있다고?'

지하에 숨겨져 있을 거라 예상했던 비밀 통로.

그런데 천무진의 생각이 틀렸다.

삼 층과 사 층 사이에 뭔가가 있었다.

하지만 천무진은 그것보다 시체를 먼저 확인하기 위해 움직였다.

순식간에 비탈길을 타며 아래로 움직인 천무진은 곧 시체가 고정된 곳에 도달할 수 있었다.

시체에 다가간 천무진은 우선 상대의 얼굴부터 확인했다.

얼마나 오랜 시간을 씻지 못했는지 얼굴은 지저분했지만, 정체를 알아내는 건 그리 어렵지 않았다.

애초에 굴러떨어지는 작은 덩치를 봤을 때부터 예상했던 부분.

시체의 정체는…… 어린아이였다.

천무진이 그토록 찾고 있었던 실종된 고아 중 하나가 분명했다.

시신은 처참했다.

얼마나 제대로 먹지 못했는지 삐쩍 말라 있었고, 행색 또한 엉망이다.

거기다가 눈조차 감지 못하고 죽은 소년의 눈동자에는 직전까지 받았던 짙은 고통의 흔적이 머물러 있었다. 그런 소년을 바라보던 천무진은 자신도 모르게 이를 갈았다.

빠드득.

입 주변으로 흘러 딱딱하게 굳어 버린 피와 차갑게 식어 버린 몸까지.

천무진이 천천히 손을 내밀어 소년의 뜨인 눈을 슬며시 감겨 줬다.

'……미안하다. 너무 늦어서.'

안다.

세상의 모든 사람을 구할 수 없다는 것 정도는.

그렇지만 아무리 안다고 해도 죽은 소년을 보고 있자니 짙은 죄책감이 밀려왔다.

그리고 동시에 화가 났다.

이런 일을 벌이는 그들에 대해서.

자신에게 한 짓뿐만이 아니라 죄 없는 많은 아이들을 죽음으로 내몰고 있는 그들의 모든 것에 대해 분노가 치밀었다.

천무진의 시선이 방금 전 닫혔던 공간이 있는 전각의 삼 층과 사 층 사이로 향했다.

당연히 지하에 있을 거라 생각했던 그들의 비밀 장소가 저곳에 존재할 거라고는 예상도 하지 못했다.

창문을 통해 오 층의 전각이라 판단했었다.

허나 진짜 저 전각은 육 층, 어쩌면 그 이상일지도 모른다. 구조를 교묘하게 이용해 겉으로 드러나지 않게 한 개 이상의 비밀 층을 만들어 둔 것이다.

아마도 그들은 그곳에서 아이들의 몸을 가지고 모종의 실험을 벌이고, 지금처럼 그 시신을 처리했을 게 분명했다.

이곳 비탈길로 굴러간 시신들은 곧바로 바다로 사라졌을 테니 그 뒤처리 또한 간단했을 게다.

천무진은 잠시 죽은 소년을 바라보다 이내 천천히 몸을 일으켜 세웠다.

그러고는 아이의 신체를 고정시키고 있던 검을 뽑아냈다.

팍.

자연스레 비탈길 아래로 다시금 굴러떨어지려는 소년의 시신을 천무진이 양손으로 번쩍 들어 올렸다.

이 시신을 이대로 바다에 떨어져 사라지게 만들기도, 그렇다고 해서 이곳에 놔뒀다가 새들의 먹이로 만드는 것도 탐탁지 않아서다.

제대로 된 무덤을 만들어 줄 수는 없겠지만 그래도 최소한 죽은 이 마당에라도 편안하게 쉬게 해 주고 싶다는 생각이 들었다.

'돌아가야겠군.'

비밀 공간 내부까지 확인하면 좋겠지만 그건 그리 쉽지 않은 문제다.

우선은 이 전각이 실험 장소라는 것과 비교적 정확한 위치를 알아낸 정도로 충분하다. 이후엔 그것에 맞춰 작전을 짜고 움직이면 되니까.

이대로 다른 세 명과 합류해서 다음 작전을…….

막 시신을 가지고 돌아가려던 천무진이 멈칫했다.

자신을 향한 시선을 느꼈기 때문이다.

천무진이 천천히 위쪽을 향해 고개를 치켜들었다. 그리

고 그곳에는 익숙한 얼굴 하나가 자리하고 있었다.

흑마련의 수장이자, 사파에서 손꼽히는 최고수들 중 한 명인 흑마신의 얼굴이.

그가 전각 위쪽에서 웃는 얼굴로 자신을 내려다보고 있었다.

천무진이 시선을 맞추자 흑마신이 웃으며 입을 열었다.

"킥킥, 뭐냐 네놈은?"

"……."

"뭐야? 말할 생각 없는 건가? 이곳까지 들키지 않고 잠입한 걸 보아하니 그냥 시체나 수집하는 변태 새끼는 아닌 것 같고."

자신을 향해 조롱 섞인 도발을 내뱉는 흑마신을 천무진은 말없이 응시했다.

가능하면 들키지 않고 이곳을 빠져나가려 했는데 운이 없게도 이곳에서 시신을 가지고 미적거리다가 뒤가 잡혀 버린 모양이다.

처음에는 흑마신의 시선만을 느꼈지만, 이제는 알 수 있었다. 인근으로 점점 다가오는 흑마련 무인들의 기척을.

'어떻게 해야 하지?'

천무진은 순간 고민했다.

도망치려 한다면 아예 불가능한 건 아니다.

지금 서 있는 비탈길 아래로 도망쳐서 물줄기를 타고 바다까지 도망치는 수도 있으니까.

그렇지만…….

천무진은 뒤가 아닌 앞으로 걸음을 옮겼다.

도망치기는커녕 오히려 성큼성큼 비탈길로 올라선 것이다. 그런 천무진의 모습에 전각 위에서 시선을 주고 있던 흑마신이 잠시나마 의외라는 표정을 지어 보였다.

들통났으니 당연히 비탈 아래로 도망을 칠 거라 생각했다.

물론 그 뒤에 잡을 방도 또한 생각해 두긴 했지만. 그런 상황에서 전혀 예상치 못하게 상대가 오히려 자신이 짜 놓은 포위망이 있는 위쪽으로 올라서니 도리어 당황스러웠다.

천무진은 슬그머니 품 안에 넣어 뒀던 막대기 모양의 신호탄을 꺼냈다.

백아린이 주었던 바로 그 신호탄이었다.

'쓸 일이 없을 거라 생각했는데 일이 이렇게 되는군.'

천무진은 슬그머니 신호탄의 아랫부분에 충격을 가했다. 그러자 하늘 위쪽으로 얇은 붉은색의 실선이 쏘아져 나갔다.

이왕 들킨 이상 굳이 피하지 않고 싸우는 걸 선택한 것이다.

가능한 정면 돌파보다 좀 더 효과적인 방법을 모색해 보려 했지만 이미 침입자가 있다는 걸 알아차린 이상 지금 몸을 숨기고 있는 장소도 얼마 안 가 들통 날 공산이 컸다.

그렇다면 굳이 도망칠 필요가 없었다.

어차피 싸워야 할 상대다.

오히려 지금 물러난다면 그나마 살아 있을지도 모르는 아이들마저 목숨을 장담할 수 없다. 이곳에 있는 놈들이 더 뭔가를 하기 전에 그 모든 걸 막아 내는 게 나았다.

여기서…… 승부를 본다.

아예 위쪽까지 올라선 천무진의 시선에 주변을 에워싼 이백여 명에 달하는 흑마련 무인들의 모습이 들어왔다.

그들은 살기등등한 눈을 한 채 점점 천무진이 있는 곳으로 다가오고 있었다.

그렇지만 천무진의 시선은 그들이 아닌 다른 이에게로 향했다.

천무진이 고개를 치켜들고는 여전히 전각 위에서 자신을 내려다보는 흑마신을 향해 입을 열었다.

"어이, 내려와."

"나?"

흑마신이 천무진의 도발적인 언사에 기가 막힌다는 듯 되물었다.

그러자 천무진이 고개를 끄덕이며 말했다.

"그래 너."

"지금 상황 파악이 안 되는 거냐? 지금 눈앞에 있는 내 수하들을 보고도 나보고 내려오라고?"

"여기에 네가 낀다고 뭐 크게 달라지나?"

"내가 누군지 모르나 본데 나는…….."

"알아, 흑마신."

"아는데도 지금 날 거기 있는 그런 놈들과 비교하는 건가?"

"귀찮아서 그래."

"……귀찮다고?"

어안이 벙벙한 표정을 지어 보이는 흑마신을 향해 천무진이 말을 받았다.

"어차피 다 죽일 건데 그냥 한 번에 죽이려고."

"뭐? 하, 하하하하!"

흑마신이 배를 움켜쥔 채로 웃음을 터트렸다.

이렇게 자신에게 건방을 떠는 상대를 본 것이 얼마 만인가?

그가 비웃음 가득한 얼굴로 입을 열었다.

"네놈 따위가 날 아래로 불러낼 수 있다 생각해?"

"떠들지 말고 그냥 내려와. 그러다가 도망가지 말고."

"도망?"

비웃음이 사라진 흑마신의 얼굴에는 싸늘한 살의만이 감돌았다.

흑마신이 입을 열었다.

"처음부터 알았지만, 네놈 제정신이 아니구나. 뭐 얼마든 떠들라고. 곧 네놈 손에 들린 그 아이처럼 차가운 시신이 되어 있을 테니까."

조롱 가득한 말투에 천무진은 고개를 끄덕였다.

"좋아, 내려올 생각이 없나 본데 그럼 기다려. 여기 있는 놈들부터 다 정리하고 널 또 죽여 줄 테니까."

"……또라니?"

저번 생의 일에 대해 언급하니 흑마신으로서는 알 도리가 없었다. 그런 그를 향해 천무진이 말을 받았다.

"아무래도 넌…… 한 번 죽는 걸로는 그 죗값을 다하기 어려워 보이네."

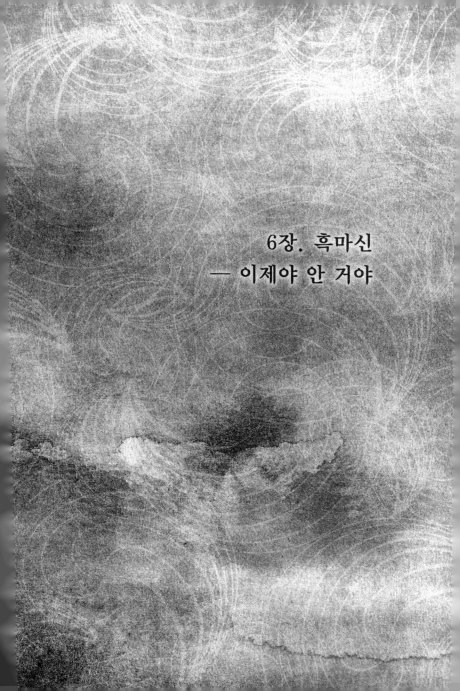

6장. 흑마신
— 이제야 안 거야

천무진은 곧바로 들고 있던 아이의 시신을 전각 뒤편 한 쪽에 눕혔다.

싸움의 여파로 시신을 망가트리고 싶지 않아서다.

여전히 전각 위쪽에서 자신을 내려다보는 흑마신의 시선이 느껴진다. 그는 자신이 내려올 이유가 전혀 없다 여기는 듯싶었다.

지금 정면에서 다가오는 이백이 넘는 무인.

거기다가 그 안에는 흑마련을 대표하는 흑사귀들 또한 자리하고 있다.

당연히 자신까지 나설 필요가 없다 여기고 있는 것이다.

그렇지만 천무진은 자신이 있었다.

위에서 내려다보고 있는 흑마신을 금방 이 아래로 끌어내릴 자신이.

다가오는 흑마련 무인들을 향해 성큼 나아가던 천무진이 검에 힘을 끌어모으기 시작했다.

슈아아앙.

'너희는 운이 없었어.'

천룡성의 무공은 일대일의 상황에서도 빛을 발하지만, 일대다의 대결에서 보이는 파괴력 역시 대단했으니까.

마치 바람이 빨려 들어가는 듯한 굉음이 터져 나오기 시작했고, 그걸 위에서 바라보고 있던 흑마신의 표정이 순식간에 일그러졌다.

알 수 없는 불안감이 엄습하는 그 순간 천무진의 검이 움직였다.

스윽.

선을 긋듯 허공을 가르는 천무진의 검을 따라 꽃잎이 나부꼈다. 일전에 사천당문의 암살자들을 일거에 쓸어버릴 때 사용했던 무공, 천룡비공 무수화(無數花)였다.

꽃잎이 주변을 뒤덮다시피 공간을 장악한 순간 그 모든 것이 폭발하기 시작했다.

콰아앙! 쾅!

순식간에 인근에 있던 무인들이 폭발에 휘말리며 나뒹굴었다. 공간마저도 일그러지는 파괴적인 일격.

그렇지만 그것이 전부가 아니었다. 너무도 놀라운 공격에 수십에 달하는 무인들이 나가떨어졌고, 그사이 천무진이 직접 달려들고 있었던 것이다.

그의 손에 들린 검이 빛을 쏟아 냈다.

샤샥!

움직임에 맞춰 춤추기 시작한 검기가 주변으로 커다란 원형의 기운을 만드는 듯싶더니, 이내 강렬한 폭발로 돌변했다.

쿠카카캉!

주변에 있던 무인들은 서둘러 뒤편으로 물러났지만, 뒤늦은 이들의 팔다리가 잘려져 나갔다.

"으악!"

고통에 찬 비명 소리와 함께 허공으로 피가 흩뿌려졌고, 그사이에 있던 천무진의 검이 달려들던 상대를 향해 움직였다.

슥.

검이 목을 베고 지나쳐 갔고, 동시에 회전하며 뒤편에서 다가오던 상대의 가슴팍을 맹수처럼 찢어발겼다.

거칠게 뿜어져 나간 검기는 뒤편에 있던 이들의 몸마저도 갈라 버렸다.

생각지도 못한 엄청난 무위에 당황하며 물러섰던 흑사귀들이 서로의 얼굴을 바라봤다.

그들이 작게 고개를 끄덕였다.

네 명이 동시에 천무진을 덮쳐 왔다.

천무진은 빠르게 회전하며 날아드는 그들의 무기를 쳐냈다.

카카캉!

철퇴 하나가 아슬아슬하게 천무진의 어깨 부분을 스치며 지나갔다. 순간 비어 버린 이귀의 옆을 향해 천무진이 검을 내뻗었다.

하지만 상대들 또한 그대로 당하지는 않았다.

날아드는 천무진의 검을 사귀가 자신의 창으로 받아 낸 것이다.

"어딜!"

동시에 삼귀가 허공으로 번쩍 치솟아 오르며 천무진을 덮쳤다.

하늘로 치솟은 도가 맹렬하게 떨어져 내리는 순간이었다.

천무진은 앞으로 성큼 걸어 나가며 도를 피해 내는 것과 동시에 삼귀의 얼굴을 움켜잡았다.

쾅!

바닥에 그를 틀어박은 천무진이 검을 치켜들었다. 단번에 내리쳐 그 숨통을 끊어 버리려 할 때였다. 옆에서 일귀가 맹렬하게 휘몰아쳤다.

파파팍!

결국 천무진은 자리를 박차며 허공으로 솟구쳤다가 가볍게 착지했다.

"켁켁, 저 씹어 죽일 놈이⋯⋯!"

움켜잡힌 채로 죽기 직전까지 갔던 삼귀가 붉어진 얼굴로 욕설을 터트렸다. 그런 그를 향해 일귀가 침착하게 소리쳤다.

"정신 차려! 쉬운 상대가 아니다."

"알고 있다고, 형님!"

그리고 그땐 이미 벌어진 거리를 좁히며 이귀가 달려들고 있었다. 그의 커다란 덩치에 어울리는 철퇴가 소리 나게 날아들었다.

콰앙!

방금 전까지 천무진이 있었던 장소는 장정 서너 명은 들어갈 수 있을 정도로 움푹 파여 있었다.

그만큼 파괴적이었다.

허나 이미 그곳에 천무진은 없었다.

그는 옆으로 이동하며 이귀를 향해 공격을 가하고 있었다. 그리고 그걸 막아 낸 건 이번에도 일귀였다.

그가 자신의 검으로 천무진의 검의 경로를 바꾸어 놓는
데 성공했다.

곧바로 이귀가 손에 들린 철퇴로 바로 옆에 위치한 천무
진의 머리통을 후려쳤다.

부웅!

쇠로 된 철퇴가 천무진의 얼굴에 닿으려는 그 찰나.

타악.

천무진이 철퇴를 손으로 움켜잡았다.

드드득.

철퇴에 실린 힘 때문에 옆으로 조금 밀려나긴 했지만 천
무진은 멀쩡했다. 손바닥으로 자신이 휘두른 철퇴를 잡아
낸 상대의 모습에 이귀의 안색이 창백하게 변했다.

'이게 무슨 말도 안 되는…….'

자신이 휘두른 이 정도 공격이면 커다란 바위조차도 가
루가 되어 버린다. 그런 자신의 철퇴를 손바닥으로 받아 내
다니 보고도 믿기 어려울 지경이었다.

오히려 천무진의 손바닥에서 밀려 나온 힘에 의해 이귀
의 몸이 튕겨져 나갔다.

쾅!

바닥에 처박힌 그가 피를 뿜어냈다.

"크윽."

순식간에 이귀를 날려 버린 천무진이 일귀에게 검을 움직였다.

슈슈슉!

검끼리 엉켰지만, 순식간에 일귀의 옆구리에선 피가 터져 나갔다. 너무도 빠른 검의 변화에 따라가는 것조차도 어려웠다.

보법마저 엉키며 마구 뒷걸음질 치던 그때, 다행히도 다른 흑마련 무인들이 일귀를 도왔다.

핑핑핑!

날아드는 암기들이 천무진의 등 뒤를 노렸다.

그는 곧바로 몸을 회전시키며 검을 움직였다.

파라락!

순식간에 날아드는 오십 여 개의 비침들이 튕겨져 나갔다. 개중 일부는 도리어 그 비침을 날린 장본인에게 날아가 박혔다.

"윽."

나지막한 비명 소리들이 주변을 뒤덮는 그때 천무진의 검이 다시금 웅장한 힘을 쏟아 내기 시작했다.

검을 쥔 채로 껑충 뛰어올랐던 천무진.

뒤로 쭉 뻗은 손과 그 손에 들린 검에서 소름 끼칠 정도로 커다란 강기가 치솟았다.

하늘 위에서 떨어져 내리는 새카만 빛.

그것은 마치 벼락이 떨어지는 것처럼 강렬했다.

천룡비공 흑령무상(黑靈無狀)이라는 초식이었다.

검에 휩싸였던 강기가 주변을 에워싸고 있던 흑마련 무인들을 반으로 갈라 버렸다.

쿠웅!

묵직한 소리와 함께 땅이 흔들렸다.

동시에 주변에 있던 이들은 아예 즉사하거나, 아니면 그 후폭풍에 휘말려 사방으로 나가떨어졌다.

새카만 강기가 휘젓고 지나간 자리에는 그 무엇도 남지 못했다.

그리고 더는 버텨 내지 못하겠는지 천무진의 검이 바스러졌다.

투두두둑.

부러진 검의 조각들이 바닥으로 떨어져 내리는 그때였다.

후웅!

위쪽에서 날아드는 뭔가가 천무진을 기습해 들어왔다.

막 검이 깨어져 나가는 순간 들어온 절묘한 일격이었다.

천무진은 급히 손등으로 날아드는 검을 밀쳐 냈다. 하지만 그 와중에 거리는 줄어들 수밖에 없었고, 지척까지 다가온 상대의 손바닥이 복부를 파고들었다.

펑!

충격과 함께 천무진의 몸이 허공으로 솟구쳤다가 뒤로 떨어져 내렸다.

하지만 치명타는 되지 못했는지 허공에서 가볍게 몸을 회전시킨 그가 균형을 잡으며 바닥에 착지했다.

검을 손등으로 쳐 내는 그 와중에도 손바닥으로 날아드는 장력의 일부를 상쇄시킨 덕분이다.

뒤로 밀려 나간 천무진이 살짝 미간을 찡그렸다가 이내 상대를 향해 입을 열었다.

"계속 위에 있을 것처럼 굴더니 상당히 급했나 봐?"

"……."

천무진의 조롱에 침묵하고 있는 건 흑마신이었다.

자신이 이 싸움에 개입할 일은 없을 거라고 호언장담했던 그다.

사실 흑마신은 수하들이 죽어 나가던 와중에서도 움직이지 않았다. 이대로 뒀다가는 큰 피해를 입을 거라는 생각이 들었지만, 스스로 내뱉은 말 때문에 결단을 내리는 것이 쉽지 않아서였다.

그렇지만 상황은 점점 급박해졌고, 결국 천무진이 쏟아 내는 강기의 위력을 확인하고는 더 참지 못하고 전각에서 뛰어내려 이 싸움에 끼어든 것이다.

물론 결정을 내리는 데는 검이 부서지는 것도 한몫했다.

그 틈을 이용해서 파고들면 치명상을 가할 수도 있을 거라는 판단을 내렸기 때문이다.

종이 한 장 차이로 생사를 오가는 무인의 세계에서 이 정도의 상황은 승부를 끝낼 수 있을 정도로 엄청난 기회였다.

허나 그 기회조차도 천무진이 막아 내 버렸다.

단신의 몸으로 순식간에 오십여 명이 넘는 흑마련의 무인들을 베어 넘겼다. 헌데 그런 놀라운 일을 벌인 당사자의 상태는 너무도 멀쩡하다.

흑마신은 근처에 있던 흑사귀 중 하나인 삼귀에게 전음을 날렸다.

『지금 당장 바깥에 있는 흑마련 무인들 모두에게 이곳으로 모이라고 명령해. 한 놈도 빠짐없이 몽땅!』

『모, 모두를 말입니까? 한 명 때문에 그렇게까지 하시는 건…….』

『멍청하긴! 아직도 모르겠어? 그 한 명한테 지금 이곳에 있는 모두가 죽을지도 모른다고!』

계속해서 싸운다면 결국 머리 숫자가 많은 자신들이 이길 거라는 확신은 있었다. 그렇지만 그 대가가 너무도 컸다.

일이 이렇게 된 이상 차라리 모든 병력을 한 번에 쏟아부어 최소한의 피해로 상대를 제거해야만 한다.

이대로 날뛰게 두었다가는 자신 또한 큰 부상을 당하게 될지도 모른다는 판단이 섰다.

결국 삼귀는 명령대로 바깥에 있는 흑마련 무인들을 불러오기 위해 뒤편으로 슬금슬금 빠져나갔다.

물론 천무진 또한 그런 그자의 모습을 모르는 건 아니었지만…….

스윽.

자신과 삼귀의 사이를 흑마신이 절묘하게 막아서고 있었다.

그 자그마한 움직임만으로 천무진이 임무를 가지고 빠져나가는 삼귀를 공격하기 어렵게 만드는 것이다.

'그렇게 여유가 있지는 않겠군.'

흑마신이 싸움에 끼어든 이상 이제 이 싸움은 아까처럼 일방적으로 흐르지는 않을 것이다.

전생의 자신조차도 마공을 익히고서야 이곳 사해도의 모든 무인들을 상대할 수 있었다. 지금 상태라면 여기 있는 이들뿐이라면 몰라도, 외부에 있는 천 명이 넘는 무인들까지 감당하며 싸워서는 승산이 없다는 걸 알고 있었다.

그럼에도 불구하고 그가 이 싸움을 감행한 이유는 분명했다.

천무진은 슬쩍 하늘을 올려다봤다.

새카만 하늘.

아까 전 자신이 쏘았던 신호탄을 백아린과 단엽은 분명 보았을 것이다. 그들이 나타날 때까지만 버틴다면 가능한 싸움이다.

삼귀가 사라지는 틈을 이용해 흑마신이 입을 열었다.

"날 끌어내릴 줄은 몰랐군."

"그래? 난 알았는데. 아, 그래도 도망치지 않은 건 칭찬하지."

"도망은 무슨. 결국 이 싸움의 승자는 우리가 될 텐데."

씩 웃으며 흑마신이 대답했다.

그가 자신의 검을 든 채로 천무진을 가볍게 겨눴다. 그것을 마주한 천무진은 들고 있던 손잡이만 남은 검을 휙 던졌다.

그러고는 이내 바닥에 널브러져 있는 것들 중 아무거나 하나를 집어 들었다.

그런 그를 향해 흑마신이 말했다.

"지금 네놈이 내게 입힌 피해가 얼마나 큰지 알아? 그 대가는 상당히 크다고. 난 네놈을 갈가리 찢어 죽일 생각이야. 살려 달라고 애원하는 네놈 목소리가 벌써부터 귓가에 들리는 것 같은데?"

말과 함께 잔혹한 미소를 지어 보이는 흑마신.

그가 슬쩍 손짓으로 뒤편에 있는 수하들에게 신호를 보냈다.

곧 있을 싸움을 준비하라는 것이었다.

명령을 전달하기 위해 움직인 삼귀를 제외한 나머지 흑사귀들이 뒤편에 있는 수하들을 향해 눈짓을 보냈다.

그사이 흑마신은 옆으로 걸음을 옮기며 천무진과의 거리를 눈으로 확인했다.

그가 이내 입을 열었다.

"실력 한번 볼까?"

말과 함께 흑마신의 몸이 움직였다.

슉.

순식간에 거리를 좁힌 그가 검을 움직였다. 허리를 노리고 날아드는 검을 천무진은 비스듬히 세운 검날로 밀어냈다.

동시에 위쪽으로 찌르고 들어가는 검이 아슬아슬하게 흑마신의 얼굴을 스치고 지나갔다. 그렇지만 그에 아랑곳하지 않고 흑마신은 공격을 이어 갔다.

촤르륵.

나눠지는 검의 잔영들.

순식간에 주변이 검기에 휩싸였다.

움직일 수 있는 사방을 점하며 치고 들어오는 검기를 마주한 천무진이 그사이를 검으로 비집고 들어갔다.

차앙!

날카로운 소리와 함께 두 개의 검이 부딪쳤다.

동시에 주변을 에워싸던 검기들이 연기처럼 흩어졌다. 천무진이 정확하게 기의 흐름을 끊으며 검기가 쏟아지기 전에 모든 걸 무(無)로 돌려 버린 것이다.

그저 한 번의 찌르기.

그렇지만 그걸로 너무도 많은 걸 막아 버린 천무진의 치명적인 움직임이었다.

생각지도 못한 상대의 기술에 흑마신은 눈을 치켜떴다.

그저 무공이 뛰어나고 말고의 문제가 아니다. 이건 보통의 경험으로는 할 수 없는 기술이다.

거기다 쏟아지는 검기들을 향해 오히려 다가오는 배포까지.

이미 전각에서 뛰어내릴 때부터 느꼈지만…….

흑마신이 검을 맞댄 상황에서 나지막이 입을 열었다.

"너…… 평범한 무인이 아니구나."

"눈치가 없네. 그걸 이제야 안 거야?"

"정체가 뭐냐?"

검을 맞댄 상황에서 물어 오는 흑마신.

어차피 적들이 이미 자신에 대해 알고 있는 상황.

더는 정체를 감출 이유가 없었다.

천무진이 입을 열었다.

"천룡성에서 왔다."

*　　　*　　　*

천무진의 대답에 흑마신의 얼굴은 당황스러움으로 물들었다.

천룡성이라니?

놀라는 건 당연했다.

상상했던 그 무엇보다 훨씬 더 커다란 존재였으니까.

자신과 적대시하던 세력에서 보낸 자가 아닌 천룡성의 무인이라면 이자가 이곳에 온 이유는 하나일 수밖에 없었다.

'천룡성이 개입했다는 건…… 이곳의 비밀을 알았다는 건가?'

세상 바깥으로 결코 드러나서는 안 되는 비밀.

그것이 들통나 버린 것이다.

흑마신의 얼굴에 맴돌던 당황스러움은 이내 짙은 살의로 변했다.

상대의 정체를 알자 생각은 더욱 확고해졌다.

'죽인다. 반드시 죽여야 해.'

이곳의 비밀에 대해 알려진다면 자신은 모든 걸 잃는다. 그러니 이자를 죽이고, 감춰야 할 것들은 모두 다른 곳으로 이전시켜야 한다.

"흐아압!"

검을 맞대고 있던 상황에서 흑마신은 거칠게 천무진을 밀어젖혔다. 천무진과 거리가 벌어지는 그 순간 그가 버럭 소리쳤다.

"공격해!"

말과 함께 흑마신이 선두에서 천무진을 향해 다시 달려들었다. 손에 들린 검에서 빛이 쏟아져 나왔다.

천무진은 곧바로 땅을 박차며 날아올랐다.

동시에 쏟아져 나온 흑마신의 검기가 주변을 엉망으로 만들어 버렸다. 허공으로 솟구친 천무진을 향해 뒤이어 다른 이들이 날아오르고 있었다.

슈슈슉.

그림자처럼 따라붙는 그들의 공격이 꼬리를 물듯 연이어 날아들었다.

샥샥.

허공에서 몸을 비틀며 공격을 피해 내던 천무진의 손이 움직였다.

으드득.

스쳐 지나가는 찰나 흑마련 무인 셋의 목이 꺾여 나갔다.

공격은 거기서 끝이 아니었다. 손에 들린 검에서 기다렸다는 듯이 검기가 비처럼 쏟아져 내렸다.

아래에 있던 흑마신과 흑사귀들은 재빠르게 자신들의 무기를 휘두르며 날아드는 검기를 받아 냈다.

콰콰쾅!

폭발과 함께 주변으로 먼지가 피어올랐다.

그리고 그 안으로 천무진이 빠르게 파고들었다.

스윽.

귀신처럼 다가온 그의 검이 한 명의 복부에 틀어박혔다가 빠져나갔다. 하지만 그 순간 뒤편에서 누군가가 확 하고 천무진을 덮쳤다.

흑사귀의 하나인 사귀였다.

그의 창이 천무진의 옆구리를 베고 지나갔다.

빙글.

하지만 천무진은 멈추지 않고 그 상태로 몸을 회전시키며 주먹을 상대방의 안면에 정확하게 틀어박았다.

뻐엉!

입에서는 피와 박살이 난 이가 섞여 날아올랐다.

바닥을 데굴데굴 구른 사귀가 힘겹게 몸을 일으켜 세웠다.

　주르륵.

　침과 뒤엉킨 피가 길게 이어져 흘러내렸고, 눈에는 독기가 서렸다.

　"이 노오옴!"

　거친 고함과 함께 육중한 그자의 신체가 성난 황소처럼 달려들었다.

　쿵쿵쿵.

　소리와 함께 거리를 좁힌 사귀는 곧장 창을 찌르고 들어왔다. 하지만 천무진은 이번엔 전혀 피해 없이 날아드는 창을 고개만 비틀어 피함과 동시에 안쪽으로 파고들었다.

　"아우야!"

　버럭 소리를 내지르며 이귀가 위험에 빠진 사귀를 돕기 위해 철퇴를 휘둘렀다.

　부웅!

　아슬아슬하게 철퇴가 천무진의 머리통을 가격하려는 찰나였다. 그곳에 있던 그가 갑자기 사라졌다.

　아니, 정확히 말하자면 살짝 몸을 숙인 것이다.

　그러고는 곧바로 사귀의 뒤편으로 움직이며 팔꿈치를 이용해 상대를 강하게 앞으로 밀쳐 냈다.

그 때문에 날아들던 철퇴는 천무진이 아닌 사귀의 얼굴로 날아들고 있었다.

쩌엉!

소리와 함께 사귀의 얼굴이 으깨지며 피가 터져 나왔다. 그의 신체가 뒤로 쿵 소리가 나게 쓰러졌다. 스스로의 손으로 사귀의 얼굴을 박살 낸 이귀의 안색이 창백하게 변했다.

"이, 이게 무슨……."

그 순간 무너진 사귀의 뒤에서 천무진의 검이 튀어나와 이귀의 심장을 노리고 날아들었다.

카앙!

이귀의 심장으로 향하는 천무진의 공격을 받아 낸 건 일귀였다. 그가 황급히 자신의 검을 휘둘러 공격을 밀쳐 낸 것이다.

하지만 완벽하지는 못했던 탓인지 이귀는 천무진의 검에 어깨를 베이고야 말았다.

"크윽."

"정신 차려!"

일귀가 버럭 소리를 지르며 이귀의 어깨를 잡아서 뒤로 밀쳤다. 바닥에 주저앉았던 이귀는 이내 눈에 독기를 피우며 자리에서 벌떡 일어섰다.

일귀의 검에 공격이 막히는 그 찰나 천무진은 이미 다음 목표들을 향해 움직이고 있었다.

좌르르륵.

검이 끌리는 소리와 함께 주변으로 검기가 파도처럼 밀려 나갔다.

쏟아져 나온 검기가 주변에 있던 흑마련의 무인들을 도륙했다. 무너져 가는 무인들의 신형, 그런데 그 뒤편에서 흑마신이 날아올랐다.

차차창!

떨어져 내리는 검을 천무진은 연달아 막아 냈다.

그 순간 일귀가 빠르게 파고들었다.

일귀는 정확하게 천무진의 목을 노리고 검을 움직였다.

파앙!

천무진은 주먹으로 검을 내리침과 동시에 발로 다가온 일귀를 밀쳐 냈다.

그런데 그 순간 옆에서 이귀의 철퇴가 날아들었다.

부웅.

'칫!'

막기 어려운 상황이었기에 일귀의 검을 막기 위해 들어 올렸던 손의 방향을 틀었다.

팔꿈치가 철퇴를 막았다.

쩡!

내공이 실린 일격을 팔꿈치로 받아 낸 천무진의 몸이 흔들렸다. 순식간에 세 명의 공격을 받아 낸 탓에 완벽한 방어는 힘들었던 것이다.

천무진이 움찔하며 뒷걸음질 치는 그때 흑마신의 무공이 쏟아져 들어왔다.

적파삼해(赤波三海)라는 무공이었다.

붉은 기운이 넘실거리며 밀려드는 그 너머로 날카로운 그의 검이 언제든 천무진의 목숨을 앗아 가기 위해 번뜩였다.

실려 있는 묵직한 내공을 느끼며 천무진은 곧바로 검을 정면으로 세운 채로 바닥에 힘껏 꽂아 넣었다.

순간 검이 꽂힌 곳을 기점으로 하여 새하얀 빛이 방패처럼 크게 퍼져 나갔다.

쿠웅!

두 개의 힘이 충돌하면서 주변으로 폭풍이 휘몰아쳤다. 그러고는 이내 결국 두 개의 힘은 폭발해 버리고야 말았다.

쾅!

천무진은 바닥에 꽂았던 검을 더욱 세게 움켜쥐었고, 그대로 검은 땅을 가르며 밀려 나갔다.

드드득.

천무진을 지켜 준 그 하얀 막은 천강기(天剛氣)라 불리는 천룡비공의 방어 초식이었다.

순간적으로 서로 내상을 입은 상황.

흑마신은 곧바로 숨을 돌렸지만 아쉽게도 천무진에게는 그럴 여유가 없었다. 흑마련의 다른 무인들이 달려들고 있었으니까.

순식간에 열 명의 무인들이 천무진을 향해 공격을 펼쳤다.

회복할 시간을 주지 않겠다는 속셈인 것이다.

카카캉.

검과 도가 날아들었고 천무진은 유려한 움직임으로 그 사이를 파고들어 헤집으며 오히려 손을 움직였다.

슈슈슉.

손에서 터져 나간 지공이 상대들의 가슴에 틀어박혔다. 그는 아주 잠깐 여유가 생긴 틈을 이용해 검을 움직여 나머지 적들의 숨통마저 끊어 버렸다.

거칠게 숨을 몰아쉬면서도 천무진은 연이어 다른 이들을 향해 달려들었다.

그가 검을 번쩍 추켜올렸다가 내려쳤다.

쾅!

검이 향하는 곳에 있던 이들이 주변으로 튕겨져 나갔다. 그런 천무진의 모습을 보며 잠시 숨을 고르고 있던 흑마신은 속으로 혀를 내둘렀다.

'미친 자식. 하지만 네놈이…… 날뛰는 것도 얼마 안 남았다.'

지금은 어떻게든 내공이 받쳐 주니 저런 활약을 하고 있지만 결국 인간인 이상 한계는 있기 마련이다. 벌써 수차례 막대한 내공이 들어가는 무공들을 뿌려 댔다.

과연 얼마나 더 이런 위력을 보여 줄 수 있을까?

이곳에 있는 이들만이라면 눈앞에 있는 저 천룡성의 무인을 막아 낼 수 없을 것이다. 하지만 곧 이곳으로 돌아올 삼귀와, 그가 데리고 올 천여 명에 달하는 지원 병력까지.

흑마신이 버럭 소리쳤다.

"뭣들 해! 더 몰아붙여!"

체력을 한계까지 달하게 만든다.

그렇게 되면 결국 천무진 또한 점점 무뎌질 수밖에 없을 것이다.

너무도 강렬한 무위에 주춤거리던 이들도 흑마신의 명령에 다시금 앞다퉈 천무진에게 달려들었다.

카카캉.

연달아 휘몰아치는 상대들을 향해 천무진 또한 지지 않고 검을 움직이고 있었다. 검이 움직이는 길을 따라 그 인근에 있는 이들이 나가떨어졌다.

순식간에 많은 숫자의 무인들을 제압해 냈지만 실상 이들의 숫자는 처음에 비해 그리 줄지 않았다.

그리고 그 사실을 천무진 또한 잘 알고 있었다.

'이래서 사해도가 싫다니까.'

흑마련의 련주인 흑마신의 거처가 소란스러워지자 인근에 있던 무인들 또한 서둘러 이쪽으로 합류하고 있는 것이다.

적의 본거지에서 싸우고 있으니, 인원이 계속 충원되는 건 당연했다.

지금 천무진은 이곳 사해도 자체와 싸우고 있는 것이었다.

몇 번의 움직임으로 흑마련의 무인 일부를 쓰러트린 천무진의 시선이 슬쩍 뒤편으로 향했다.

일부러 최대한 적들을 밀어붙이며 바깥으로 향하고 있었던 그다.

다름 아닌 뒤편에 있는 전각을 지키기 위해서다.

그곳에 있는 비밀 공간 안에는 살아 있는 아이들이 있을수도 있다. 내공을 마구 쏟아 대는 싸움의 여파로 건물이무너지기라도 한다면 그 안에 있는 아이들은 죽음을 면치못할 것이다.

그랬기에 천무진은 일부러 싸움의 장소를 눈치채지 못할

정도로 은밀하게 조금씩 바깥으로 옮기고 있었다. 그런 노력 덕분인지 어느덧 천무진은 담장 지척까지 도달해 있었다.

물론 여기까지 오는 동안 흑마련 무인들이 뿌린 피는 적지 않았다.

"차압!"

달려드는 흑마련 무인의 공격을 가볍게 받아넘기며 천무진의 손이 그의 뒷목을 움켜잡았다.

쾅.

그대로 담장 벽에 상대의 머리를 박아 넣은 천무진은 곧바로 그자의 등을 밟으며 껑충 뛰어올랐다. 그러고는 이내 가볍게 담장 너머로 착지했다.

허나 담장 너머에서도 이미 주변은 완벽히 포위되어져 있었다.

천무진을 쫓던 안쪽의 무인들이 담장 위로 뛰어올라 자세를 취했다. 그들은 빠르게 비수를 들어 올려 천무진을 겨눴다.

그가 손가락을 까닥였다.

마치 어서 던지라는 듯이 말이다.

그런 천무진의 도발에 담장 위에 서 있던 스무 명에 달하는 인원들이 동시에 천무진을 향해 비수를 뿌렸다.

좌좌좌악!

날아드는 비수의 위치를 모두 눈으로 확인한 천무진이 검을 움직였다.

타타탓!

방향을 바꾸며 천무진은 몸을 힘껏 뒤로 젖혔다.

비수들이 빠르게 그의 위를 스쳐 지나갔다.

천무진은 상대들이 던진 비수의 방향만 조금 바꾼 채로 보다 힘을 실어, 뒤편에 있는 적들을 공격하는 용도로 사용한 것이다.

그리고 노렸던 대로 비수들은 뒤편에서 다가오던 이들에게 날아들었다.

아슬아슬하게 피해 낸 이들도 있는 반면에 일부는 날아드는 비수에 신체 곳곳을 적중당하고야 말았다.

동시에 몸을 일으켜 세운 천무진이 검을 앞으로 뻗으며 중얼거렸다.

"어딜."

재차 비수를 던지려던 이들이 서 있던 담장을 향해 쏟아진 긴 검기가 팍하고 스치고 지나갔다.

동시에 두터운 담장은 마치 두부처럼 깨끗하게 잘려져 떨어져 나갔다.

"으앗!"

위쪽에 있던 이들이 균형을 잃고 비틀하는 사이 천무진이 날아들었다.

위쪽에서 그의 발이 정확하게 그들의 얼굴을 향해 움직였다.

파바박!

얼굴에 발이 틀어박히며 그들은 무너지는 돌담 사이에 파묻히고야 말았다.

가볍게 자리에 착지한 천무진은 곧바로 달려드는 흑마신과 흑사귀들을 뒤로한 채 도리어 반대쪽으로 몸을 날렸다.

그의 몸이 검과 하나가 되어 공간을 휩쓸었다.

파파팡!

주변이 터져 나가며 그 자리에 있던 흑마련의 무인들이 볼품없이 쓰러져 나갔다.

검기와 검강을 뒤섞어 쏟아 내는 천무진의 무위를 보통의 무인들이 막아 내는 건 불가능에 가까웠다.

그런 그를 막기 위해 달려들었던 흑마신의 검이 정확하게 천무진의 등 뒤를 노리고 날아들었다.

슉.

천무진은 기다렸다는 듯 그대로 검을 휘둘러 날아드는 공격을 받아쳤다.

동시에 두 사람의 검이 상대를 향해 밀려들었다.

스스슥.

검이 흑마신의 가슴 언저리를 스치듯 베고 지나갔고, 동시에 그 또한 천무진의 팔을 베는 데에 성공했다. 물론 둘 다 그리 깊지 않은 상처였기에 둘의 검무는 아직 끝나지 않은 상태였다.

파라락! 캉캉!

상대를 향해 마구 날아드는 검.

하나하나가 날카로운 공격이었지만 둘 모두 빼어난 집중력으로 치명상은 피해 내고 있었다.

하지만 둘의 대결에서 결정적으로 다른 하나가 있다면 천무진은 그 와중에서도 흑마련의 무인들 일부를 베어 넘기고 있다는 것이었다.

아예 여유가 없는 흑마신에 비해 천무진은 틈이 날 때마다 주변에 있는 다른 이들까지 공격했다.

물론 그런 천무진을 향해 그들 또한 공격을 가하는 건 마찬가지였다. 서둘러 흑사귀의 일귀와 이귀도 싸움에 끼어들었다.

캉캉!

숫자가 많은 이들이 몰아붙이니 천무진은 조금씩 밀리고 있었다. 그리고 아주 미약하긴 하지만 잔부상들도 하나씩 늘어갔다.

그런데 왜일까?

이 지고 있는 듯한 기분은.

분명 자신들이 몰아붙이고 있는데 그 와중에서도 천무진의 검은 차근차근 흑마련 무인들의 숫자를 줄여 나가고 있었다.

때마침 천무진은 휘두르는 흑마신의 검에 밀려 나가듯 훌쩍 뒤로 뛰어오르더니 오히려 흑마련 무인들 사이로 들어가 날뛰기 시작했다.

콰콰쾅!

터져 나가는 수하들을 보며 흑마신이 이를 악물며 소리쳤다.

"젠장! 추가 병력은 왜 이렇게 늦는 거야!"

분명 일정 수준 정도 무인들이 충원되고는 있지만, 그 숫자는 결코 많지 않았다. 자신의 계획대로라면 천무진에게 죽는 것보다 몇 배는 많은 인원들이 계속해서 투입되어야 했다.

그런데 지금 상황은 그렇지 않았다.

죽어 나가는 이에 비해 인원수가 확 줄지는 않았지만, 조금씩 그 숫자가 줄어 나가는 건 확연히 알 수 있을 정도였으니까.

도저히 이해가 안 가는 상황에 고개를 젓던 그가 말을 이었다.

"그리고 삼귀 그 녀석은 왜 대체 아직도……."

흑마신이 중얼거리고 있는 그때였다.

갑자기 옆에서 커다란 비명 소리가 터져 나왔다.

"으앗!"

경악에 가까운 비명 소리.

자연스레 흑마신의 시선 또한 그곳으로 향했다.

그곳에서는 데굴데굴 굴러오는 누군가의 머리가 보였다. 그리고 그 머리의 정체는…….

"……삼귀?"

자신의 명을 듣고 흑마련의 무인들 모두를 집합시키기 위해 움직였던 그가 목이 베인 채로 모습을 드러낸 것이다.

그리고 그 뒤편에서는 머리를 가지고 온 당사자가 등장하고 있었다.

이미 꽤나 많은 수를 상대하며 온 건지 피가 잔뜩 튀어 있는 옷차림의 사내.

한천이었다.

그가 씩 웃으며 입을 열었다.

"여기저기 다니면서 사람들을 끌어모으기에 먼저 손을 써 놨는데 저렇게 놀라는 걸 보아하니 정답이었나 봅니다?"

나타난 한천을 향해 천무진이 물었다.

"나머지 두 사람은?"

"저야 모르죠. 인근에 있던 제가 신호탄을 보고 지금쯤 도착했으니 아마 한창 오고 있지 않을까요?"

천무진과 함께 임무를 하기 위해 내려와 있었던 덕분에 누구보다 빨리 도착할 수 있었던 한천이다.

그리고 흑마신의 계획과는 달리 많은 숫자의 무인들이 한 번에 지원 오지 않는 이유 또한 그 때문이었다.

그가 그 명령을 전달하기 위해 돌아다니던 삼귀의 목을 베어 버렸으니까.

한천이 멍한 얼굴로 잘린 삼귀의 머리를 바라보는 흑마신을 향해 입을 열었다.

"지원군은 포기하시는 게 좋을 겁니다. 제가 막았거든요. 그리고……."

한천은 슬쩍 먼 곳을 바라봤다.

아직은 보이지 않지만 확신할 수 있다.

백아린과 단엽 또한 지금 이곳을 향해 움직이고 있다는 걸.

그랬기에 자신할 수 있었다.

한천이 말을 이었다.

"이제는 뭘 해도 그쪽은 우리한테 안 됩니다."

7장. 천인혼
― 다시 한 번 생각해 보라고

　자신이 보낸 삼귀의 목을 들고 나타난 상대의 모습을 보며 흑마신은 고민에 빠질 수밖에 없었다.

　천무진 하나에게도 점점 아군의 머리 숫자가 줄어들고 있던 상황에 나타난 또 한 명의 적.

　'귀찮게 하는군.'

　거기다가 천무진의 말을 듣고 안 사실이지만 지금 나타난 자를 제외하고도 다른 이들 또한 존재한다는 것 역시 맘에 걸렸다.

　소란이 커지며 외부에서 흑마련의 무인들이 알아서 나타나긴 했지만 지금 상황에서 그 정도의 지원으로는 모자라다.

허나 지원 병력을 불러 모으기 위해 움직였던 삼귀가 한천의 손에 죽어 버린 지금 흑마신은 새로운 결단을 내려야만 했다.

'그들을 불러올 수 없다면…… 이쪽이 움직인다.'

상황이 다소 불리해지긴 했지만 그렇다고 해서 순식간에 쓸려 나갈 수준은 분명 아니다.

천무진에게 쓸려 나간 숫자가 대략 백여 명이 넘었지만, 소란을 듣고 추가적으로 온 이들 덕분에 이곳에는 지금 처음 있던 숫자와 비슷한 이백에 달하는 무인들이 있다.

흑마신은 보다 상황이 나빠지기 전에 조금 더 피해를 입더라도 모든 이들을 불러 모을 수 있는 흑마련의 중앙 거점으로 움직여야겠다고 결단을 내렸다.

당장에 등을 보여야 하니 순간적으로 피해는 커지겠지만, 지금 결단이 늦어지면 몇 곱절은 더 큰 타격을 입게 될 상황이다.

마음을 정한 흑마신은 빠르게 흑사귀의 생존자인 일귀와 이귀에게 전음을 날렸다.

『전장을 바꾼다. 중앙 거점으로 움직이며 흑마련 무인들에게 지금 이 상황을 알려야 해. 최대한 피해 없이 빠져나갈 수 있도록 진형을 구축하도록.』

전음을 전해 들은 두 사람은 작게 고개를 끄덕였다.

그들로서도 지금 흑마신의 결정은 최선의 선택에 가깝다는 생각이 들었다.

천무진에게 연신 달려들던 흑마신이 슬그머니 뒤로 빠졌고, 일귀가 기다렸다는 듯 버럭 소리를 내질렀다.

"지원군이 곧 합류한다! 최대한 빠르게 조우할 수 있도록 천천히 물러서며 중앙 지역으로 움직인다! 등은 보이지 말고, 싸우며 이동하도록!"

우르르 도망치게 된다면 결국 피해는 더 클 거라 생각한 일귀가 최대한 시간을 끌 수 있도록 싸우며 움직이라는 명을 내렸다.

물론 흑마신과 자신, 그리고 이귀까지 빠르게 빠져나가고 선두가 무너지면 대부분의 인원들이 등을 보일 것은 자명하다.

허나 그 틈을 이용해 자신들은 보다 빠르게 중앙 지역으로 가서 다른 무인들과 합류할 수 있다.

일부의 무인들을 희생양으로 던질 속셈인 것이다.

일귀의 명령에 뒷걸음질 치는 와중에도 몇몇이 천무진을 향해 달려들었다.

파앙!

천무진의 검이 움직이는 순간 터지는 소리와 함께 다가오던 이들이 거짓말처럼 주변으로 나가떨어졌다.

그의 시선은 이미 뒤쪽으로 사라지고 있는 흑마신에게로 향해 있었다. 수상쩍은 움직임을 보자마자 천무진은 곧바로 알 수 있었다.

'먼저 중앙 지역으로 도망칠 생각이로군.'

흑마신이 점점 멀어져 갔지만 천무진은 여유를 잃지 않았다. 이곳에서 멀어지는 건 천무진에게도 그리 나쁘지 않아서다.

고아들이 있는 비밀 공간에 피해가 가지 않도록 일부러 바깥으로 움직였던 천무진이 아니던가.

물론 그만큼 많은 숫자의 무인을 감당해야 했지만 그건 크게 개의치 않았다. 이곳에 있는 건 자신뿐만이 아니었으니까.

지금 막 옆으로 치고 들어오며 길을 여는 한천, 그리고 곧 도착할 다른 두 명까지.

천무진은 곧바로 검을 든 채로 앞을 향해 성큼 걸어 나갔다.

선두에 서 있던 이들은 그가 다가오자 움찔하며 자신도 모르게 뒷걸음질 쳤다.

너무도 일방적인 싸움이다.

자신들 수십이 죽어 나가며 얻어 내는 건 고작 자그마한 생채기 두어 개 정도가 전부다.

천무진이 나지막이 입을 열었다.

"비켜."

자그마한 목소리가 흡사 천둥소리처럼 크게 주변으로 퍼져 나간다.

움찔.

길을 막아서고 있던 무인들이 움찔하며 자신도 모르게 정말로 몸을 옆으로 틀었다. 허나 이내 그들은 이를 악물었다.

이곳은 사해도, 그리고 자신들은 사파에서 손꼽히는 세력 중 하나인 흑마련의 무인들이다.

이렇게 꼴사납게 당할 수는 없었다.

서로의 눈치만을 살피고 있는 그때 막 떠나려고 하던 이귀가 마지막으로 소리를 내질렀다.

"뭣들 해! 당장 막아!"

뒤편에서 들려오는 명령에 몇 명이 엉거주춤 앞으로 나서는 그때였다.

촤악! 촤악!

소리와 함께 가슴에서는 피가 쏟아져 나갔다.

동시에 앞으로 걸음을 옮기던 것보다 훨씬 빠르게 뒤편으로 나가떨어졌다.

너무도 쉽게 다섯 명을 베어 버리고는, 그 시체 위를 지나서 다가오는 천무진의 악귀와도 같은 모습은 명령에 용기를 얻고 걸음을 옮기던 이들의 발목을 다시금 붙잡았다.

천무진은 이가 나가 버린 검을 바닥으로 휙 집어던지고는 인근에 나뒹구는 아무런 무기 하나를 집어 들었다.

별거 아닌 동작임에도 불구하고 그와 가까이 있던 이들은 놀란 듯 퇴로를 확인했다.

허나 적은 천무진 하나가 아니었다.

부웅, 붕.

가볍게 날아오른 한천의 발이 아래에 있는 무인들을 휩쓸었다. 순식간에 발아래가 폭발하며 그 범위 안에 있던 자들은 넝마가 되어 사방으로 밀려 나갔다.

길을 만들어 낸 한천이 소리쳤다.

"가시죠! 따라붙는 놈들은 최대한 제가 막겠습니다!"

"부탁할게."

천무진은 고개를 끄덕이고는 곧장 앞으로 달려 나갔다. 앞에 있던 이들이 황급히 각자의 무기를 겨누었지만, 애초에 그들 정도로 천무진을 막아 내는 건 불가능한 일이었다.

번쩍!

천무진의 검에서 뿜어져 나온 검강이 사방으로 요동쳤다.

쿠카카캉!

끈이 끊어진 인형처럼 사방으로 나자빠지는 그들 사이로

천무진이 빠르게 파고들었다. 그리고 그가 움직이는 길목을 따라 한천의 검이 빠르게 움직였다.

스스슥.

검이 곧장 천무진이 움직이는 길을 향해 위력을 떨쳤다. 순식간에 중앙이 뚫렸고, 선두가 박살이 나자 자연스레 버티고 서 있던 흑마련의 무인들은 사방으로 갈라지기 시작했다.

통솔을 해야 할 흑마신과 흑사귀들은 이미 중앙 지역으로 가기 위해 도망친 상황.

무너지는 건 순식간이었다.

쿠웅!

천무진의 검이 떨어지면 그곳은 먼지가 되어 사라졌다. 거기다가 뒤를 막아 주는 한천의 도움까지 있자 그는 거칠 것 없이 정면으로 쭉 뚫고 들어가 단번에 흑마련의 중심으로 향할 수 있었다.

비밀 장소에서 멀어지는 건 천무진 또한 바라던 바였지만, 그렇다고 해서 흑마신이 흑마련의 모든 무인들을 결집시키는 것까지 두고 볼 요량은 아니었다.

빠앙!

천무진의 검이 폭발하듯 내력을 쏟아 냈고, 동시에 그곳은 폭탄이라도 터진 것처럼 커다란 구멍이 생겨 버렸다.

주변으로 쓰러져 나가는 흑마련의 무인들.

"죽어!"

고함 소리와 함께 옆에서 짧은 검을 든 무인 하나가 거리를 좁혀 들어왔다. 하지만 아쉽게도 채 검이 닿기도 전에 천무진의 손이 먼저 적의 머리통을 움켜잡았다.

퍽.

사내를 가볍게 바닥에 처박아 버린 천무진이 슬쩍 주변을 둘러봤다. 주변으로도 많은 숫자의 무인들이 모습을 보였지만 그들은 쉽사리 천무진에게 다가오지 못하고 있었다.

천무진에게서 뿜어져 나오는 압도적인 기운에 겁을 먹은 것이기도 했지만, 중간에서 연신 움직여 대는 한천 덕분이기도 했다.

'쓸 만한데.'

곁눈질로 한천의 움직임을 확인하던 천무진이 속으로 중얼거렸다.

쏟아 내는 무공이 엄청나게 파괴적이진 않지만 그만큼 효과적인 움직임이다. 작은 움직임으로 최대한의 이득을 얻는 특유의 검법으로 적들을 요리조리 휘저어 대고 있었다.

왼손을 사용하는 좌수검이라는 특이점을 이용해 방어하

기 힘든 약점을 교묘하게 파고든다.

무공에 대한 해박한 지식과 경험이 밑바탕되지 않고서는 있을 수 없는 움직임이다.

그를 믿어도 될 것 같다는 확신이 들자 천무진은 더욱 거칠 것 없이 정면으로 밀고 들어갔다.

뒷걸음질 치며 거리를 벌리려던 흑마련의 무인들이 성난 호랑이처럼 달려드는 천무진의 모습에 기겁하며 소리를 내질렀다.

"마, 막아!"

몇몇 무인들이 황급히 검을 겨누며 천무진의 움직임을 저지하려 했지만, 그들 정도로 막아 내기엔 상대가 좋지 못했다.

천무진의 검이 그들의 정중앙으로 날아들었다.

쾅!

그들의 몸이 사방으로 날아가 처박혔다.

중앙 지역으로 빠르게 도망쳐 수하들을 규합하기 위해 움직이던 흑마신은 뒤편에서 들려오는 굉음에 슬쩍 고개를 돌렸다.

그의 눈에 보이는 건 사방으로 날아가고 있는 수하들의 모습이었다.

'미친 자식.'

천룡성의 무인이라더니 그 무력이 나이에 맞지 않게 실로 놀라운 수준이다. 그에 반해 자신이 이끌고 온 이들의 수준은 기껏해야 일류 정도 되는 자들이 태반이었다.

그런 이들로 우내이십일성 수준의 무인을 막아 내는 건 분명 어려운 일이다.

죽어 나자빠지는 수하들을 보고 있자니 속이 뒤집혔지만, 지금으로선 서둘러 중앙 지역으로 가는 것이 먼저였다.

그곳으로 가서 퍼져 있는 흑마련의 고수들을 불러 모아야 지금 날뛰고 있는 천룡성의 무인이라는 저자와 그의 동료들을 막아 내는 것이 가능할 거라는 판단이 섰다.

다만 문제는 생각보다 당장 자신의 뒤를 쫓는 두 무인의 능력이 빼어나다는 거다. 이 속도라면 자신들이 입을 피해는 생각보다 훨씬 클 것 같았다.

'조금 더 서둘러야겠어.'

흑마신은 급히 걸음을 옮기며 자신의 옆에 있는 흑사귀의 생존자인 일귀와 이귀를 향해 입을 열었다.

"일귀, 외곽을 돌면서 곧바로 흑마련의 주요 부대들을 집결시켜."

"알겠습니다, 련주님."

"이귀 넌 지금부터 추가 병력들이 천룡성 놈을 막기 위해 개입하기보다는 중앙 지역 쪽으로 오도록 유도해."

"넵, 그리하겠습니다."

피해는 지금 저곳에서 싸우고 있는 자들로 족하다.

빠르게 명령을 내리며 중앙 지역을 향해 내달리는 흑마신은 자신도 모르게 이를 갈았다.

뿌드득.

오늘 흑마련이 입은 피해는 어떤 걸로도 환산이 되지 않을 정도였다. 손가락에 꼽히는 사파의 세력이라는 위명은 오늘부로 사라지게 될지도 모른다.

그렇지만 지금은 그런 걸 따지고 있을 때가 아니었다.

지금 정도라면 어떻게든 그 피해를 수습이라도 해 볼 수 있겠지만, 이보다 더욱 심각한 상황에 이르게 된다면……그때는 정말 재기 불능의 상태가 되어 버릴지도 모른다.

흑마신의 옆에서 함께 달리던 일귀와 이귀가 곧바로 명령을 수행하기 위해 양쪽으로 움직였다.

그리고 그는 더욱 빠르게 목적지를 향해 박차를 가했다.

그렇게 수십의 수하들만을 대동한 채로 움직이던 흑마신.

그런데 안쪽으로 향하던 그의 코로 진한 피 냄새가 밀려들었다. 동시에 몸을 튼 흑마신의 시야에 의외의 장면이 펼쳐져 있었다.

커다란 대로 위에 많은 자들이 자리하고 있었다.

다만…….

'……뭐야 이건.'

중앙 지역이 점점 가까워진 상황에 만나게 된 그들은 바로 흑마련의 무인들이었다.

문제는 그 많은 이들은 하나같이 모두 쓰러져 있다는 점이다.

그리고 그 쓰러진 이들의 위에 서 있는 한 쌍의 남녀.

두 사람의 정체는 바로 백아린과 단엽이었다.

커다란 대검을 쥔 채로 등을 돌리고 있던 백아린이 힐끔 뒤편을 바라봤다.

얼굴에 튄 피를 손등으로 닦아 내며 그녀가 입을 열었다.

"저자가 흑마신이야?"

"맞을걸. 예전에 본 적이 있거든."

옆에 있던 단엽이 고개를 끄덕이며 대꾸했다.

엄청난 숫자의 무인들을 쓰러트린 채로 두 사람은 태연하게 대화를 나누고 있었다.

흑마신이 떨리는 목소리로 입을 열었다.

"너흰……."

천무진의 입에서 나왔던 나머지 두 사람이라 칭한 존재가 바로 이자들일 거라는 건 곧바로 알 수 있었다.

"뭣 빠지게 도망치고 있는 걸 보니 내 주인을 만난 모양이니 굳이 우리가 적이라는 소개는 안 해도 될 거 같은데."

대로를 가득 채운 채 쓰러져 있는 수하들을 보는 흑마신의 표정은 좋지 못했다. 중앙 지역으로 가기 위해 도망치던 와중에 뒤가 막혀 버렸다.

조금만 더 가면 아군들을 불러 모으기 좋은 장소가 나타날 터인데, 그 전에 오히려 포위된 양상이 되어 버린 것이다.

자기가 파 놓은 함정에 제 스스로 빠진 것이나 마찬가지였다.

그 상황만으로 이미 기가 찰 정도인데 문제가 또 있었다.

그건 바로 눈앞에 있는 상대였다.

여자 쪽은 생면부지의 인물이었지만 사내의 정체는 흑마신 또한 알고 있었으니까.

왠지 모를 낯익은 얼굴에 기억을 더듬던 중 마침내 상대의 정체를 떠올린 것이다.

"설마 네놈…… 단엽이냐?"

"쯧, 역시 알아보네."

사파의 회합 때 잠시 스치듯 본 일이 있었다.

꽤 오래전의 일인지라 기억이 안 날 법도 하련만, 아쉽게도 단엽은 그리 쉽게 잊힐 외모가 아니었다.

어린 나이에도 두각을 드러내던 단엽을 흑마신은 똑똑히 기억하고 있었다.

순순히 수긍하는 단엽을 향해 흑마신이 이를 갈며 소리 쳤다.

"감히 날 건드려? 그러고도 네놈이 무사할 듯싶더냐!"

"……감히?"

단엽이 피식 웃었다.

그가 이곳에 쓰러져 있는 수많은 무인들을 신나게 두들겨 팬 자신의 주먹을 들어 올리며 천천히 말을 이었다.

"이런 되도 않는 사파 무리 하나 이끈다고 눈에 보이는 게 없나 본데…… 네 눈앞에 있는 상대가 누군지, 그 뒤에 누가 있는지 다시 한 번 생각해 보라고."

대홍련과 흑마련.

같은 사파라고는 하지만 그 급이 다르다.

흑마련이 다섯 손가락 안에 드는 사파 세력이라고는 해도 애초부터 상위 세 개와 견준다면 차이는 어마어마했으니까.

순간 단엽이 발을 굴렀다.

쿠웅!

지진이 난 듯 흔들리는 그 충격이 주변을 뒤덮었다. 진동이 가라앉으려는 찰나 단엽이 입을 열었다.

"난 단엽, 대홍련의 부련주 단엽이다. 그럼 이제 알겠지? 누가…… 감히인지."

말을 내뱉는 그의 얼굴엔 자신감이 가득했다.

＊　　　＊　　　＊

패기 넘치는 단엽의 그 말에 흑마신은 움찔할 수밖에 없었다. 그가 내뱉은 말대로 오랜 역사를 지닌 대홍련은 흑마련과 비교조차 할 수 없는 세력이다.

그랬기에 분했다.

'망할…….'

어떻게든 자신의 세력을 키우고자 했다.

천하를 좌지우지할 수 있는 사파 최고 집단의 수장이 되고 싶었다. 그랬기에 해선 안 될 일에도 서슴없이 손을 댔다.

그로 인해 얻게 되는 대가가 너무도 달콤했으니까.

분했지만 흑마신은 최대한 빠르게 들끓는 속을 다잡았다. 지금 정말 중요한 것이 무엇인지 너무도 잘 알았기 때문이다.

'여긴 우리가 불리해.'

대로라고는 하지만 양옆이 막혀 있었기에 지금처럼 압도

적인 고수들로만 구성된 저들에게 유리한 싸움터가 될 공산이 크다.

포위를 하고 한 번에 숫자로 밀어붙여야 하는 흑마련의 입장에서는 손해를 볼 수밖에 없다.

흑마신은 이곳에서 가까우면서 자신들에게 유리할 법한 장소를 빠르게 생각해 냈다.

바로 천인혼이 잠들어 있는 사해신전이었다.

'좋아, 그곳이라면 일귀와 이귀가 대동할 병력들이 합류하기에도 나쁘지 않겠군.'

중앙 지역과도 연결되어 있어 지원군의 합류가 용이한 장소.

결정을 내린 흑마신은 망설임 없이 움직였다.

그가 들고 있던 검을 휘둘렀다.

파앙!

순식간에 쏟아져 나온 검기가 정면에 있는 백아린과 단엽을 향해 날아들었다.

그 기운을 마주한 백아린이 재빠르게 대검의 날을 아래로 향하게끔 하며 강하게 땅에 꽂아 넣었다.

쿵!

대검이 박힌 곳을 기점으로 하여 커다란 검막이 주변을 감싸 안았다.

덕분에 검기는 아무런 타격조차 주지 못하고 소멸해 버렸다. 허나 그런 건 흑마신에게 아무런 상관도 없었다. 처음부터 잠시 발을 잡아 두기 위해 날린 검기였으니까.

두 사람이 있는 곳으로 검기를 날리기 무섭게 다른 방향으로 달리기 시작한 흑마신의 뒷모습을 보며 백아린이 빠르게 대검을 뽑아 어깨에 걸쳤다.

그녀는 망설임 없이 도망치는 흑마신의 뒤를 쫓았다.

절대 놓치지 않겠다는 듯 곧바로 땅을 박차고 날아오르는 백아린의 뒷모습을 보며 단엽이 고개를 저었다.

'몰랐는데 저거 완전히 싸움 귀신이네.'

생긴 것과는 완전히 다른 박력 있는 모습과 파괴적인 무공. 거기다가 상대를 집요하게 물고 늘어지는 끈질김까지.

단엽의 시선이 자신의 뒤편에 널브러져 있는 수많은 흑마련의 무인들에게로 향했다.

쓰러져 있는 저들 중 상당수는 백아린의 대검에 휩쓸려 뭐 하나 제대로 해 보지도 못하고 박살이 나 있는 상태였다.

그 덕분에 단엽은 얼마 싸움도 하지 못했지만…….

피식.

그의 입가엔 웃음이 피어올랐다.

생각보다 점점 더 재밌어지고 있어서다.

'이래서 무림이 재미있다니까.'

대홍련이 있는 운남성에만 처박혀 있었다면 만나지 못했을 고수들. 그런 이들과 알게 되고 또 언젠가 싸우게 될지도 모른다는 생각은 단엽을 들뜨게 만들었으니까.

웃음을 지운 단엽이 이미 멀찌감치 달려가는 백아린의 뒤를 빠르게 뒤쫓기 시작했다.

'저건 또 뭐야?'

사해신전의 인근에 도달할 무렵 뒤편에서 들려오는 커다란 굉음.

등 뒤로 소름이 돋을 정도로 커다란 폭발음이 들리자, 그쪽으로 슬쩍 시선을 줬던 흑마신은 기겁을 할 수밖에 없었다.

집채만 한 대검이 떨어지면서 땅이 반으로 쩍 갈라졌다. 이 사해도가 반쪽이 난 건 아닐까 하는 걱정이 들 정도였다.

천룡성의 무인인 천무진과 대홍련의 부련주 단엽은 그렇다 치자.

둘은 너무도 특별한 존재들이니까.

그런데 또 다른 두 명.

정체조차 모르는 그 둘은 대체 뭐란 말인가?

삼귀의 목을 들고 나타났던 여유 가득한 중년의 사내, 거기다가 저 무식할 정도로 큰 대검을 마치 젓가락처럼 휘두르고 있는 괴력의 여자까지.

계속되어진 도망에 지쳐 갈 무렵 마침내 목적지인 사해신전이 흑마신의 눈에 들어왔다. 그리고 그곳을 지키고 있는 일부의 무인까지.

그들은 갑작스럽게 달려오는 흑마신과 그 뒤를 맹렬히 쫓고 있는 낯선 이들을 보며 어안이 벙벙한 표정이었다.

흑마신이 버럭 소리쳤다.

"적이다! 방비하라!"

잠시 놀란 표정으로 서 있던 그들은 서둘러 각자의 병기를 꺼내어 든 채로 흑마신을 돕기 위해 움직였다. 이곳 사해신전을 지키는 이들은 흑마련 내에서도 제법 실력 있는 무인들로 구성되어져 있었다.

덕분에 흑마신은 한숨 돌릴 여유를 얻는 것이 가능해졌다.

카카캉!

재빠르게 달려 나간 그들은 백아린과 단엽의 발을 잠시나마 잡아 줬다.

흑마신은 곧바로 신전의 위에 있는 수하를 향해 명령을 내렸다.

"불을 피워라! 비상 상태임을 알리고 이곳으로 모든 흑마련 무인들을 집결시켜야 한다!"

명령을 전달받은 수하는 곧바로 신전 한쪽에 있는 커다란 봉화대에 불을 피워 올렸다.

화르륵.

불꽃이 순식간에 꿈틀거렸고, 이내 거기서 나온 불빛이 신호가 되어 사방으로 퍼져 나갔다.

불이 피어오른 걸 보며 흑마신은 그제야 안도의 한숨을 내쉬었다.

이곳 사해신전으로 움직인 건 정말 최고의 선택이었다. 합류하기에 용이한 건 물론이고 특별한 장소이니만큼 비상 상황을 대비하여 주변으로 신호를 보낼 수 있는 봉화대가 자리하고 있었다는 점 또한 다행스러웠다.

덕분에 보다 빠른 시간에 흑마련의 정예 병력들이 이곳으로 오는 게 가능해졌다.

'준비는 끝났으니…… 이제 나도 싸워 볼까?'

여태까지는 계속 도망만 쳤다.

하지만 이제는 그럴 이유가 사라졌다. 이곳에서 버티면 버틸수록 유리해지는 건 자신이라는 확신이 생겼으니까.

흑마신이 움직이려는 찰나 이귀가 나타났다.

괜히 천무진과의 싸움에 끼어들어 죽을 위험이 있는 병

력들을 이쪽으로 유도하며 그를 뒤쫓은 것이다.

"련주님!"

이귀의 목소리를 들은 흑마신의 표정은 더욱 밝게 변했다.

자신을 바짝 뒤쫓던 백아린, 단엽과 대치하던 상태에서 나타난 이귀와 그가 대동한 병력은 큰 도움이 되어 줄 수 있었다.

모든 것이 계획대로 되어 간다 생각할 그 무렵, 이귀와 비슷하게 천무진 또한 반대편에 모습을 드러냈다.

콰앙!

하늘에서 벼락처럼 떨어져 내린 천무진.

그가 착지한 주변에 있던 흑마련의 몇몇 무인들이 그대로 사방으로 나뒹굴었다.

그런 천무진을 보며 단엽이 짧게 휘파람을 불며 중얼거렸다.

"휘유, 등장 한번 엄청 화려하네."

마치 하늘에서 내려온 신처럼 강렬하게 모습을 드러낸 천무진의 모습에 흑마련 무인들의 표정이 딱딱하게 굳었다.

천무진은 곧장 엉망이 된 옷을 가볍게 손으로 털었다.

백아린이 옆으로 다가오며 입을 열었다.

"괜찮죠?"

"당연하지. 그런 질문은 나 말고, 나와 싸운 상대한테 해야지."

오만한 느낌까지 드는 대답에 백아린은 고개를 끄덕였다. 겉으로 보기에도 별문제는 없어 보였지만, 혹시나 하는 생각에 질문을 던졌던 것뿐이다.

처리해야 할 적이 많았기에 신호탄을 보고 나타나는 데 생각보다 오랜 시간이 걸렸다.

조금 늦어서 다치지는 않았을까 염려했거늘, 막상 눈앞에 있는 천무진은 멀쩡했다.

옷이 약간 찢어지고, 잔부상들이 조금 있긴 했지만, 이 정도라면 크게 걱정할 것은 아니었다.

그녀가 다시금 물었다.

"부총관은요?"

"뒤에."

천무진의 짧은 대답이 끝나고 얼마 되지 않아, 뒤편에서 일련의 무리들을 베며 걸어오던 한천이 모습을 드러냈다.

실눈을 한 채로 걸음을 옮기던 그는 이내 백아린을 발견하고는 손을 들어 올렸다.

"대장! 너무 늦은 거 아닙니까? 혼자 뒤를 처리하느라 죽는 줄 알았다고요!"

피비린내 나는 전장에 어울리지 않는 특유의 장난스러운 모습.

한천까지 나타난 걸 확인한 천무진의 시선이 이내 앞으로 향했다. 그곳에서는 빠르게 진열을 정비하며 곧 있을 싸움에 대비하는 흑마신의 모습이 보였다.

허나 천무진의 시선은 이내 흑마신이 아닌 그의 뒤편에 위치한 단상 위에 자리하고 있는 한 자루의 검으로 향했다.

천인혼이 그리 멀지 않은 곳에 자리하고 있었다.

잠시 천인혼에 시선을 주던 천무진이 이내 흑마신을 향해 입을 열었다.

"이제 도망은 포기했나 보군."

"도망은 무슨…… 처음부터 우리에게 유리한 싸움터를 찾아다녔던 것뿐이다."

지지 않겠다는 듯 흑마신이 받아쳤다.

고작 네 명에 의해 이곳까지 도망쳤다는 사실이 그리 유쾌하진 않았지만, 아무렴 어떤가.

결국 원하던 대로의 결과를 만들어 냈으니 상관없다.

현재 이곳에 모인 병력은 얼추 삼백여 명 정도.

개중에 정예 병력의 숫자는 그리 많지 않았지만 그래도 이 정도라면 병력들이 모두 모일 때까지 충분히 버틸 만했다.

지금 자신이 해야 할 일은 그때까지 최소한의 피해로 저들을 막는 것.

흑마신은 곧바로 이귀에게 전음을 날렸다.

『내가 천룡성에서 온 놈을 전담으로 맡지. 너는 나머지 셋 중에…….』

흑마신의 시선은 천무진의 옆에 나란히 자리하고 있는 세 명에게로 향했다.

대홍련의 부련주 단엽과 정체불명의 두 남녀.

저 중에 누구를 맡겨야 하나 잠시 고민했지만, 결과는 하나였다.

『단엽을 네가 맡아야겠다. 혼자서 감당할 자는 아니니 수하들을 적절히 이용하도록 해.』

『단엽이요? 저 중에 단엽이 있단 말입니까?』

『그래. 저 머리 긴 사내놈이 단엽이다. 위험한 놈이니까 절대 섣부르게 건드리진 말고.』

『알겠습니다. 최대한 버텨 보겠습니다.』

상대의 정체를 안 이귀의 안색은 긴장으로 굳어 있었다.

그런 이귀의 모습을 보면서 흑마신은 아무런 말도 하지 못했다. 긴장하는 건 당연했으니까.

흑사귀 정도 되는 자가 막기엔 상대가 너무 거물이었다. 문제는 나머지 두 놈에게 시간을 끌어 줄 만한 수하가 없다는 것인데…….

흑마신은 손에 쥔 검을 강하게 움켜잡았다.

'버틴다.'

계속해서 버틴다면 결국 승자는 자신이 될 것이다.

흑마신이 버럭 소리쳤다.

"쓸어버려!"

고함과 함께 흑마신이 선두에서 달려 나갔다.

흑마련의 수장인 그가 먼저 움직이자, 굳어 있던 흑마련의 무인들도 용기를 얻은 듯 그의 뒤를 쫓아 내달렸다.

쿠쿠쿵!

수백 명의 무인들이 달려드는 모습은 꽤나 위협적인 분위기를 연출했다.

문제는 그런 그들과 마주한 네 사람의 표정들이다.

누구 하나 그 같은 모습에 긴장한 기색은 조금도 보이지 않는다.

백아린이 성큼 앞으로 한 걸음 내디디며 물었다.

"우리도 갈까요?"

"그러자고."

"혹시 뭐 누구 살려 둬야 하거나 이런 건 없죠? 들어야 할 이야기가 있다거나……."

"아니. 그냥 깨끗하게 박살 내도 돼. 이미 다 찾아냈거든."

천무진의 대답에 백아린이 잘됐다는 듯 손에 든 대검을 붕붕 움직였다. 그러고는 한 손으로 가볍게 대검의 손잡이를 움켜쥔 채로 말을 받았다.

"잘됐네요. 여태 봐주느라 좀 힘들었거든요."

"큭, 그렇게 패 놓고 봐준 거였어? 안 봐줬다가는 뼈도 못 추리겠네."

옆에서 단엽이 웃음과 함께 말을 던졌다.

하지만 그의 얼굴에 맺힌 웃음기는 점점 사라지고 표정은 진지해져 가고 있었다. 달려드는 적들에게로 시선을 향한 채 단엽이 짧게 말을 이었다.

"이번엔 누가 더 많이 쓰러트리는지 보자고."

"안 될걸. 내 대검이 네 팔보다 더 길거든."

백아린이 자신 있게 받아쳤다.

그녀의 말에 단엽이 이글거리는 눈빛을 한 채로 대꾸했다.

"그건 두고 보면 알 일!"

말과 함께 단엽이 먼저 적들을 향해 달려들었다.

그의 권갑에 붉은빛이 터질 듯 넘실거렸다.

그러고는 이내 단엽의 주먹에서 싸움의 시작을 알리는 시원한 공격이 터져 나갔다.

쿠아아앙!

중앙을 가로지르는 붉은 권기가 땅바닥을 갈라 버리며 퍼져 나갔다.

그런 단엽의 모습에 백아린 또한 지지 않겠다는 듯이 허공으로 솟구쳐 올랐다. 그녀의 커다란 대검이 맹렬하게 회전했다.

그러고는 이내 폭풍우와도 같은 숫자의 검기들을 아래로 쏟아 냈다.

순식간에 한쪽을 무너트리며 두 사람이 안쪽으로 뛰어들었다.

내기라도 하는 듯이 적들을 쓸어버리기 시작한 둘의 모습을 보며 한천은 고개를 절레절레 저으며 중얼거렸다.

"젊으셔서 그런가. 참 혈기들 왕성하시다니까."

하지만 말과는 다르게 한천도 자신의 검을 적들에게 겨눈 채로 성큼 다가서고 있었다.

그가 씩 웃으며 중얼거렸다.

"하지만 저도 젊은이들한테 쉽사리 질 정도로 늙지는 않았답니다."

한천의 몸이 흑마련 무인들 사이로 파고들었다.

스윽, 슥.

귀신처럼 나타난 그의 검이 순식간에 주변에 있던 이들을 빠르게 베고 지나갔다.

날뛰기 시작한 세 명에게는 신경도 쓰지 않은 채로 흑마신은 천무진을 향해 다가왔다. 애초부터 그의 목표는 천무진이었으니까.

그가 거리를 좁히며 버럭 소리쳤다.

"어디 천룡성이라는 이름값 좀 확인해 볼까!"

파악!

위로 솟구치는 흑마신의 검에서 수십 개의 검기가 성난 맹수의 발톱처럼 치솟아 올랐다.

파파팍!

천무진은 들고 있던 검으로 공격을 가볍게 받아 냄과 동시에 정면으로 흑마신을 찌르고 들어갔다.

카앙!

두 개의 검이 충돌하며 뒤쪽으로 튕겨져 나갔다.

순간 천무진의 몸이 낮게 회전하며 그의 발이 빠르게 흑마신의 얼굴로 날아들었다.

퍽.

팔로 날아드는 발을 받아 낸 그 상태 그대로 흑마신이 천무진과의 거리를 좁혀 들었다.

"흐읍!"

흑마신은 나지막한 소리를 토해 냄과 동시에 쫙 편 다섯 손가락을 곧바로 천무진의 가슴을 향해 찍어 넣었다.

천무진은 재빨리 뒤로 한 걸음 물러서며 날아드는 적의 공격을 피한 뒤 그사이로 검을 집어넣었다.

손가락이 가볍게 검날을 후려쳤다.

파앙!

부러져 버린 검신이 옆으로 튕겨져 나갔고, 동시에 흑마신의 손가락이 아슬아슬하게 천무진의 앞섶을 스치며 지나갔다.

피가 튀어 올랐지만 천무진은 눈 하나 깜빡하지 않고 곧바로 발로 상대의 옆구리를 걷어찼다.

퍽!

팔꿈치로 가까스로 막아 내긴 했지만, 힘이 실려 있었던 탓인지 몸이 뒤로 쭉 밀려 나갔다.

표정을 찡그렸던 흑마신이 아픈 팔을 흔들며 비웃듯 말했다.

"검이 부러졌군. 조심하라고. 그러다 다음엔 네놈 목이 부러질지도 모르니까."

"뭐, 네 손이 닿기 전부터 상태가 좀 별로였거든. 이런 검들이 천룡성의 무공을 버텨 내기는 좀 버거운 모양이야."

수많은 적들과 싸우며 계속해서 검을 바꿔 왔던 천무진이다.

그러던 와중에 다시금 검이 부러지자 시선은 자연스레 옆쪽으로 향했다. 아까부터 계속해서 천무진의 귀를 간질이던 소리의 진원지로.

부르르르!

떨려 온다.

그리고 들려온다.

천인혼의 울음소리가. 그 성난 듯한 울부짖음이.

우우웅! 우웅!

천인혼은 계속해서 울고 있었다.

마치 자신을 기다려 왔다는 듯이 말이다.

천무진이 잠시 옆으로 시선을 돌린 그때였다.

'지금이다!'

기회라 여긴 흑마신이 재빠르게 천무진을 향해 달려들었다.

당연한 이야기겠지만 흑마신은 천무진이 주변에 나뒹구는 수하들의 무기를 집는 여유를 줄 생각이 눈곱만큼도 없었다.

그가 움직이자 당연히 천무진 또한 알아차리고는 곧장 고개를 돌렸다.

순식간에 거리를 좁히는 흑마신.

그가 먼 거리에서부터 검을 찔러 넣었다.

그런데 천무진은 그 공격을 피하지 않았다. 오히려 그런 일촉즉발의 상황에서 손을 옆으로 내뻗었다.

비어 버린 가슴을 보며 흑마신은 눈살을 찌푸렸다.

상대에게 검이 없다고 해서 이길 거라 생각하지는 않았다.

다만 이 기회에 몰아치며 시간을 벌거나, 운이 좋다면 상처 두어 개 내는 정도의 이득은 볼 수 있을 거라 여겼다.

그런데 오히려 가슴을 열고 옆으로 손을 내뻗은 천무진의 지금 모습은 무방비해 보이기만 했다.

허나…… 상관없었다.

아니, 오히려 기회였다.

천무진을 죽일 수 있는 절호의 기회!

'죽어!'

앞으로 향한 검을 강하게 움직여 천무진의 가슴을 베기 위해 손에 힘을 주는 그때였다.

순간 천무진의 손이 앞으로 향했다. 동시에 무엇인가가 빠르게 날아들며 그의 손바닥에 감겼다.

촤르르륵!

파앙!

천무진의 손에 들린 건 한 자루의 검이었다.

천무진 정도 되는 실력자라면 허공섭물을 이용해 주변에

널브러져 있는 검을 회수할 수도 있는 상황, 그렇지만 흑마신의 얼굴은 경악으로 일그러져 있었다.

믿을 수 없는 일이 눈앞에 펼쳐져 있었으니까.

그가 떨리는 목소리로 입을 열었다.

"대체 어떻게……."

천무진의 손에서 찬란하게 빛나는 붉은 검신.

천인혼이다.

흑마신이 뽑아 들 때면 언제나 보통의 검처럼 새하얗게 변해 버리던 천인혼이, 지금은 그 특유의 피를 머금은 듯한 붉은 검신을 자랑하며 빛나고 있었다.

허나 흑마신은 놀라고 있을 여유가 없었다.

어느새 천인혼을 쥔 천무진이 지척까지 다가와 있었으니까.

"크윽!"

어깨를 베인 흑마신이 주춤거리며 뒤로 순식간에 거리를 벌렸다.

천무진은 굳이 뒷걸음질 치는 그를 쫓지 않았다.

대신 천무진은 손에 들린 천인혼을 응시했다.

붉은 검신을 바라보던 그가 입을 열었다.

"오랜만이다."

새로운 생에서는 처음 조우한 상황.

천인혼에게 정말로 영혼이 있다 해도 자신을 알 리 없다는 걸 알고 있다.

그런데…… 왜일까?

이 울음소리가 마치 자신을 향한 오랜 친구의 인사처럼 들리는 이유는.

손에 착 감기는 천인혼의 감각을 느끼며 천무진의 손바닥이 붉은 검신을 부드럽게 쓸어내렸다.

피처럼 붉은 검신을 어루만지던 천무진은 이내 정면에 마주한 흑마신을 응시한 채로 나지막이 입을 열었다.

"이번 생에도…… 부탁한다. 나와 함께 신나게 날뛰어 보자고."

우웅!

천무진의 말에 천인혼이 낮은 울음소리로 화답했다.

8장. 인과응보
— 그건 무리야

갑자기 밀려드는 섬뜩한 한기를 느껴서일까?

적들을 쓸어버리고 있던 나머지 세 사람의 시선이 자연스레 뒤편으로 향했다. 그리고 그곳에는 정체불명의 검을 들고 있는 천무진이 있었다.

백아린은 한눈에 그 검이 보통 물건이 아니라는 걸 알았다.

저렇게 피처럼 붉은 검신을 가진 검은 세상에서 쉬이 볼 수 없는 물건이다.

'저 검은 뭐지?'

천무진이 저런 무기를 들고 다니는 건 본 적이 없었다.

거기다가 마치 소중한 가족을 만나기라도 한 것처럼 부드러운 눈빛으로 검을 바라보는 그의 모습까지.

저 검의 정체가 궁금했지만…….

"으라차! 스물하나!"

옆에서 들려오는 단엽의 목소리에 백아린의 시선이 다시금 자신이 상대해야 할 적에게로 향했다.

백아린의 입꼬리가 실룩였다.

자신보다 무조건 더 많은 숫자의 적을 쓰러트리겠다고 날뛰는 단엽. 그리고 백아린 또한 져 줄 생각은 아주 조금도 없었다.

그녀의 대검이 번개처럼 휘둘렸다.

쿠카캉!

단 일격에 십여 명을 날려 버린 그녀가 들으라는 듯 소리쳤다.

"서른!"

그러자 막 한 명의 멱살을 잡아 내리꽂던 단엽이 억울하다는 듯 말을 받았다.

"그중 하나는 나도 패고 있었다고."

"침만 바르면 뭘 하나. 입에 넣어야지."

백아린의 말에 단엽은 불만스럽다는 듯 표정을 구겼다. 그렇지만 그녀의 말에 반박하기는 어려웠는지 이를 꽉 깨물었다.

"좋다고, 결국 내가 이길 테니까."

말과 함께 단엽은 보다 강하게 날뛰기 시작했다.

투쟁심 강한 단엽에게 목표까지 생겨 버리니 그의 주먹은 평소보다 더욱 매섭게 휘몰아쳤다.

퍽퍽!

곤죽이 되며 흑마련의 무인들이 나뒹굴었다.

그리고 한쪽에서 조용히 적들을 베고 있는 한천의 주변으로도 많은 숫자의 흑마련 무인들이 쓰러져 있었다. 세 사람은 정말 순식간이라는 말이 어울릴 정도로 빠르게 흑마련의 무인들을 제압해 나가고 있었다.

그 모습을 보고 있던 이귀는 떨떠름한 표정을 지어 보였다.

명령을 받고 단엽의 발을 붙잡기 위해 움직이려 했는데, 본격적으로 나서기도 전에 순식간에 진형이 무너질 정도로 상대들이 압도적 무위를 선보였기 때문이다.

미친 듯 휘몰리는 흑마련 무인들을 보며 이귀는 불안감이 밀려들었다.

'이놈들 대체 뭐지? 아무리 여기 있는 놈들이 전부 정예 병력은 아니라고 해도 내기를 하면서 베어 넘길 수준은 아닌데…….'

단엽에 대해서야 이미 잘 알고 있다.

그런데 다른 둘 또한 단엽에 비해 크게 모자라다는 느낌이 들지 않았다.

그리고 그 말은 곧 저 셋 모두가 우내이십일성의 경지에 도달했다는 뜻이었다.

생각이 거기까지 미치자 이귀는 다급히 고개를 저었다.

그럴 리가 없지 않은가.

이름조차 모르는 젊은 무인들. 그들이 무림 최고수로 불리는 그 스물한 명의 고수들과 같은 선상에 놓인다는 건 불가능한 일이다.

실질적으로 그 수준의 무인 셋이 모인다면 어지간한 문파 하나가 박살이 나는 건 일도 아닐 정도다. 그런 고강한 경지에 이름조차 모르는 저 젊은 무인들이 올라 있다는 건 말도 되지 않았다.

그런데 왜일까?

아닐 거라 스스로에게 말하는데도 불구하고 점점 불안해지는 이 감정은.

그때 멀리에서 나타난 일련의 무리가 모습을 드러냈다. 그들을 보는 순간 이귀의 눈동자가 번뜩였다.

"형님!"

선두에서 성큼성큼 다가오고 있는 건 정예 병력들을 모

아 오기 위해 움직인 일귀가 있었다. 그가 외곽에 빠져 있는 이들 일부를 끌고 이곳에 나타난 것이다.

그리고 일귀의 뒤편으로 줄지어 모습을 드러낸 아군들. 마침내 흑마련의 정예 병력들이 도착한 것이다.

이귀와 마찬가지로 일귀 또한 기세등등한 모습으로 나타나더니 이내 천무진 일행을 바라보며 수하들에게 명령을 전했다.

"침입자들을 모두 잡아라! 반항하면 죽여도 좋다!"

"존명!"

우렁찬 목소리와 함께 정예 병력들 또한 싸움에 개입했다.

그들의 개입으로 흑마련의 사기는 크게 요동쳤다.

"오오오!"

들려오는 소리에 슬쩍 고개를 돌렸던 천무진은 이내 자신의 앞에 마주하고 있는 흑마신에게 다시금 시선을 줬다.

어깨를 베인 그는 여전히 믿기지 않는다는 표정을 짓고 있었다.

천무진의 손에 들린 천인혼 때문이다.

자신에게는 언제나 강한 기운을 뿜어내며 밀어만 대던 그 검이 지금 천무진의 손에서는 얌전히 몸을 맡기고 있었다.

흑마신이 입을 열었다.

"네놈 그 무기가 뭔지 알고나……."

"알아, 천인혼."

"알고 있었어?"

"그럼, 내 무기였는데 모를 리가."

"그게 무슨 개 소리야! 그건 내 거야! 아주 오래전에 내가 힘겹게 구한 신병이기라고!"

"그럼 뭐하겠어. 천인혼은 네가 아닌 날 선택했는데. 이걸로 누가 주인인지는 정해진 거 아닌가?"

"……무슨 사특한 수로 그 녀석을 쥔 거냐?"

너무도 궁금했는지 흑마신이 물었다.

그러자 천무진이 피식 웃으며 가볍게 답했다.

"간단해. 그냥 이 녀석한테는 네가 모자랐던 거야. 그러니 네 손길을 거절한 거지. 아마 평생을 보냈어도 이 녀석은 널 주인으로 받아들이지 않았을 거야. 별 볼 일 없는 작자에게는 자신의 몸을 맡기지 않는 놈이거든."

"닥쳐!"

얼마나 탐을 내던 무기인가.

오랜 시간 곁에서 바라보기만 하며 어떻게든 천인혼의 주인이 되고자 했다.

그랬는데…… 그 오랜 시간 지켜 왔던 검이 지금 자신의 모든 걸 망가트리려고 하는 작자의 손에 들려 있었다.

큰 분노가 스멀스멀 밀려든다.

검을 비스듬히 추켜세운 채로 흑마신이 말했다.

"천인혼에게 자신이 선택한 자의 피가 얼마나 하찮은지 보여 주지."

"안됐지만 천인혼이 마실 피는 이쪽이 아니거든."

말과 함께 천무진은 흑마신을 겨눴다.

이 검에 죽을 상대가 누구인지를 말하는 것처럼.

후웅.

천인혼의 끝에 서서히 내공이 맺히기 시작했다.

내공을 움직였을 뿐이거늘 천무진은 왠지 모를 떨림이 느껴졌다.

여태까지 휘둘렀던 평범한 검과는 손에 느껴지는 감각 자체가 달랐다.

천무진은 곧바로 천룡비공 일점의 초식을 펼쳤다.

검 끝에 매달려 있던 검기가 화살처럼 쏘아졌다.

피잉!

대놓고 펼치는 공격에 불쾌한 표정을 지어 보이던 흑마신은 무공이 터져 나오는 순간 기겁을 하며 몸을 회전시켰다.

하나의 점, 하지만 그 안에 담긴 수십 번의 공격.

뒤로 쏘아진 검기들이 한참 싸움에 열중하고 있던 흑마련 무인들의 옆을 가로질렀다.

퍼퍼펑!

일점이 도달한 곳에 있던 자들이 순식간에 피투성이가 되며 나자빠졌다. 천무진은 슬쩍 천인혼을 바라보며 만족 스럽다는 듯 고개를 끄덕였다.

여태까지 사용했던 검들은 천룡비공을 쓴 직후 적잖이 무리가 가는 느낌이 들었던 반면, 천인혼은 너무도 멀쩡했다.

괜히 전설의 무기 중 하나로 손꼽히는 게 아니었다.

가볍게 천인혼을 휘둘러 본 천무진은 이내 망설이지 않고 폭발하듯 큰 내력을 검으로 쏟아 넣었다.

후웅!

검을 쥔 천무진이 빠르게 거리를 좁히고 들어갔다.

캉캉!

잠시 천인혼에 정신이 팔려 있었지만, 흑마신 또한 재빨리 정신을 차리고 자신의 검을 들어 날아드는 공격을 받아 냈다.

두 사람이 서로를 향해 빠르게 검을 휘둘렀다.

파앗! 팟!

흑마신의 검이 천무진을 아슬아슬하게 스친 데 비해, 천인혼은 흑마신의 팔뚝을 길게 베고 지나갔다.

피가 터져 나왔고, 그 순간을 놓치지 않은 천무진의 공격이 이어졌다.

파라락.

휘저어지는 검이 순식간에 빈틈을 파고들었다.

"이익!"

흑마신이 이를 악문 채로 날아드는 공격을 검날로 받아냈다. 가까스로 방어에는 성공했지만 실려 있는 힘을 견뎌 내기는 어려웠는지, 그의 몸이 뒤로 붕 떠서 밀려 나갔다.

허공으로 붕 뜬 그 와중에 흑마신이 빠르게 검을 움직였다.

슈슈슉.

잔영이 일 정도로 빠른 공격이 재차 달려들려던 천무진의 발걸음을 잡아냈다.

껑충 뛰어올라 공격을 피한 천무진은 곧바로 검기를 쏘아 보냈다.

스윽.

머리카락 끝자락이 아슬아슬하게 잘려져 나갔다.

'빠르다.'

흑마신은 서둘러 자세를 취한 채로 천무진을 노려봤다. 이미 몇 차례 손속을 겨루며 상대의 실력에 대해 알고 있었지만, 흑마신은 검을 섞을수록 자신이 점점 밀리고 있다는 사실을 체감할 수 있었다.

허나 그는 그런 사실을 인정하고 싶지 않았다.

타악.

가볍게 발로 바닥을 박차, 떠오른 그의 몸이 땅과 수평이 된 상태로 회전했다.

좌르르륵.

회오리처럼 마구 요동치던 상태에서 흑마신의 검이 수십 개의 변화를 보이며 천무진에게 밀려들었다.

차차차창!

천무진은 빠르게 밀려드는 공격을 받아 냈다.

핏핏.

몇 개의 공격이 아슬아슬하게 스치며 천무진에게 자잘한 부상을 남겼다.

하지만 방어만이 전부는 아니었다.

몇 개의 공격을 가볍게 흘린 상태에서 천무진은 힘이 가득 담긴 일격을 회전하고 있는 흑마신을 향해 찍어 내렸다.

쾅!

"큭!"

순식간에 빈틈을 파고드는 공격에 서둘러 방어는 해냈지만, 결국 그대로 땅에 처박히고야 말았다. 이어지는 공격이 두려워서일까?

무인으로서는 수치스럽지만 살기 위해 그는 바닥을 데굴

데굴 굴렀다.

허나 그렇게 해서 거리를 벌린 흑마신은 얼굴이 붉어질 수밖에 없었다. 이어질 거라 여겼던 천무진의 공격이 전혀 존재하지 않았던 탓이다.

마치 뭐 하냐는 듯이 바라보고만 있는 그 눈빛에 흑마신은 수치심을 느꼈다.

천무진이 비웃는 표정으로 입을 열었다.

"뭐 하는 거야?"

"……."

흑마신은 꿀 먹은 벙어리처럼 아무런 말도 하지 못했다. 허나 붉어진 얼굴이 지금 그의 심정을 말해 주는 듯싶었다.

흑마신의 속을 뒤집은 천무진은 이내 천인혼을 치켜들었다.

쿠르르릉!

하늘을 향해 치솟는 강기.

동시에 천무진은 상대를 찍어 누르기 위해 강렬한 내공을 뿜어냈다.

보통의 무인이라면 마주하는 것만으로도 사지가 결박되는 것만 같은 착각이 일 정도로 강한 힘.

그리고 그와 마주하고 있던 흑마신 또한 이를 꽉 깨문 채로 내력을 집중시켰다. 보통 공격이 아님을 직감한 탓이다.

우우웅.

울음소리와 함께 강기가 그의 검에도 피어올랐다.

하지만 겉보기만으로도 확연하게 알 수 있을 정도로 두 개의 힘 차이는 여실히 느껴졌다.

허나 더 파괴적인 무공이라 해서 무조건 강한 것은 아니다.

흑마신은 밀려오는 천무진의 기운을 받으면서도 성큼 걸음을 내디뎠다. 연신 밀리고는 있었지만, 그 또한 사파에서 손꼽히는 고수 중 하나.

그런 그가 상대에게 고작 몇 개의 생채기 정도만 내고 진다는 건 있을 수 없는 일이다.

일부러 내공을 쏟아 내 상대를 압박하려던 천무진은 걸음을 떼는 흑마신을 보며 슬며시 입꼬리를 움직였다.

'예전만큼은 아니라고 하지만 이 정도로는 무리였군.'

이전 생에서 천무진이 흑마신과 싸운 건 지금부터 대략 십 년 정도 후의 일이다. 당연히 그만큼 흑마신도 강해져 있었다.

지금이 그때보다 과거다 보니 천무진이 싸웠던 당시의 흑마신보다는 약한 상태인 것이다. 그에 비해 천무진은 전생의 경험을 통해 빠르게 경지에 오르고 있었으니 그 실력 차는 더 커질 수밖에 없었다.

그리고 당시엔 혼자 이곳에 왔지만, 지금은 아니다.

흑마련의 무인들은 전혀 신경 쓰지 않아도 될 정도의 든든한 동료들이 지금 뒤를 봐주고 있었다.

쾅쾅쾅!

지금도 뒤편에서는 굉음과 함께 비명 소리들이 연달아 터져 나온다.

일귀가 끌고 온 정예 병력들과 함께 자신 있게 시작된 싸움. 하지만 결과는 지금 이 비명이 말해 주고 있었다.

고작 조금 더 버티는 정도였을 뿐, 흑마련의 무인들이 일방적으로 쓰러지고 있다는 사실은 변하지 않았으니까.

누가 더 많이 쓰러트렸나 숫자를 소리쳐 대는 백아린과 단엽의 목소리만이 귓가에 맴돌았다.

다가오는 흑마신을 향해 천무진이 걸음을 옮겼다.

콰드득.

걸어가는 걸음걸이에 맞춰 땅은 조각조각 나고 있었다. 그만큼 지금 천무진에게서 뿜어져 나오는 기운은 어마 무시했다.

점점 거리를 좁히던 흑마신은 이마를 타고 흐르는 한 방울의 땀을 느꼈다.

'……지금 겁을 먹은 건가? 내가?'

아무리 강한 상대라 해도 겁을 먹는다는 건 조금 다른 이야기다.

흑마신은 떨리려는 손을 강하게 움켜쥐었다.

'천룡성의 무인이라고 해도 어차피 놈도 사람일 뿐이다. 목이 떨어지면 죽는 건 마찬가지지.'

스스로에게 주문을 외듯 마음을 다잡으며 그가 검을 쥔 손을 위쪽으로 치켜들었다.

슈웅, 슝!

바람이 불었다.

동시에 둘 사이에 흐르는 시간이 더디게 흘러간다는 느낌이 들었다.

서로를 향해 나아가는 두 사람.

그리고 치솟은 두 개의 강기.

꿈틀.

걸음을 옮긴 천무진의 발이 다시금 땅 안으로 새끼손가락 정도 파묻히는 그 순간, 흑마신이 몸을 날렸다.

마뢰십이강기(魔雷十二罡氣)라 불리는 그의 독문무공이다. 열두 개의 강기가 번개처럼 하늘에서 떨어져 내리는 일격필살의 무공.

부아아앙!

소리와 함께 허공으로 치솟았던 그가 힘껏 검을 내려쳤다.

열두 개의 강기가 기다렸다는 듯 검에서 뿜어져 나와 주변을 뒤덮으며 강렬하게 떨어져 내렸다.

순식간에 천무진이 서 있는 곳을 향해 내리꽂히는 강기의 가닥들.

하지만…….

천무진의 입가에 슬며시 비웃음이 걸렸다.

'안됐지만…… 이 무공을 쓸 줄 이미 알고 있었다고.'

그의 독문무공인 마뢰십이강기는 저번의 삶에서 이미 두 차례나 몸으로 받아 봤다. 그리고 그걸로 모자라 완벽하게 파훼까지 해냈던 전적이 있다.

전생에서 흑마신의 목이 날아갔던 그 순간이 바로 이 마뢰십이강기를 세 번째 펼쳤을 때다. 천무진은 이 공격 두 번을 받아 냈고, 그 이후에 다시금 이 무공을 펼친 대가로 그는 목숨을 잃어야만 했다.

바로 지금처럼.

천무진의 시선은 쏟아져 내려오는 강기들 사이의 한 곳으로 향해 있었다.

열두 개의 강기를 쏟아 내며 허공에서 떨어져 내리는 흑마신의 모습이 일순 눈에 들어왔다.

'지금.'

천인혼에 맺혀 있던 강기가 기다렸다는 듯 불을 뿜었다.

파아앙!

순식간에 쏘아진 강기가 마뢰십이강기의 사이 한 곳을 파고들었다. 천무진을 향해 날아들던 열두 개의 강기 가닥들이 갑자기 흔들렸다.

후웅!

천무진이 뿜어낸 강기가 마뢰십이강기의 기운을 뒤흔들어 버린 것이다. 그리고 그 움직임이 가져온 상황은 흑마신에게 너무도 치명적이었다.

허공에서 막 착지하려던 흑마신을 향해 천무진의 강기가 순식간에 도달해 있었다.

일순 내력을 쥐어짜며 착지했던 흑마신은 갑자기 코앞에서 나타난 천무진의 강기를 보며 기겁할 수밖에 없었다.

커다란 방패처럼 밀려 나가던 마뢰십이강기의 빈틈을 정확히 파고들어 온 강기라 방어하기엔 그 속도가 너무도 빨랐다.

거기다가 천무진의 강기가 비집고 들어온 뒤, 마뢰십이강기는 자신이 원했던 곳이 아닌 다른 곳으로 밀려 나가고 있었다.

'안 돼!'

번쩍.

빛이 앞에서 터져 나가는 것과 동시에 방어를 위해 황급히 들어 올렸던 검에 묵직한 충격이 고스란히 전해졌다.

드드드드!

떨리는 몸과 신체를 뒤덮은 강기.

콰앙!

머리부터 발끝까지의 모든 뼈가 으깨지는 듯한 충격이 전신을 감싸 안았다.

동시에 그의 신체 곳곳이 터져 나가며 태어나 한 번도 느껴 보지 못한 엄청난 고통이 밀려들었다.

"으아아악!"

흑마신의 몸이 허공으로 크게 솟구쳤다가 곧바로 바닥으로 떨어졌다.

가까스로 몸을 회전시키며 착지하려 했지만…….

쿵.

흑마신은 그대로 바닥에 얼굴을 처박아 버렸다.

발뼈가 완전히 으깨진 바람에 일어서는 것조차 불가능했던 것이다. 그나마 멀쩡한 왼손으로 힘겹게 상체는 일으켜 세웠지만, 순간 완전히 뒤집혀 버린 속이 참지 못하고 요동쳤다.

푸웃!

피가 연신 입을 통해 쏟아져 나왔다.

그의 입 부분은 아예 피로 범벅이 되어 버렸다. 쏟아져 내린 피가 목 부분과 가슴 부분까지 완전히 적셔 버린 상황이다.

거기에 사지 중 성한 곳은 단 하나도 없었다.

일어설 수조차 없게 된 흑마신의 시선에 자신을 향해 다가오는 천무진이 보였다.

마뢰십이강기가 천무진을 뒤덮긴 했지만, 교묘하게 그 힘을 흘려버리는 바람에 타격은 그리 크지 않았다.

너무도 멀쩡한 모습으로 다가오는 그를 보며 흑마신은 분한 표정을 지어 보였다.

가까이 다가온 천무진이 입을 열었다.

"사실 너한테 듣고 싶은 게 좀 있는데 말이야…… 말하지 않겠지?"

"네놈에게 해 줄 이야기 따위는 아무런 것도 없다."

흑마신의 목소리는 내상을 입은 탓인지 낮게 가라앉아 있었다. 당장에 숨이 넘어가도 이상할 것 같지 않은 모습.

그가 힘겹게 말을 이었다.

"……이게 끝이라 생각하느냐?"

"왜? 아닌 것 같아?"

천무진의 비웃는 듯한 어투에 흑마신이 이를 악물었다. 그는 피범벅인 얼굴로 악에 받친 듯 소리를 내질렀다.

"두고 보거라! 다시 태어나서라도 반드시 네놈을 찢어 죽이고야 말 테니까! 그때는 내가 네놈을……."

"아쉽지만 그건 무리야."

천무진이 가볍게 대꾸했다.

그러고는 이내 허리를 굽혀 간신히 상체만 일으켜 세우고 있는 흑마신의 귓가에 대고 작은 목소리로 속삭였다.

"당연히 모르겠지만 네가 나한테 죽는 건 이번이 처음이 아니거든. 그러니 자신 있게 말하지. 만약에 또 다음 생이 있다면…… 그때도 넌 나한테 죽을 거야."

알 수 없는 말에 흑마신이 눈을 크게 치켜뜰 때였다. 천무진의 손이 그의 어깨를 움켜잡았다.

이대로 편히 가게 놔두기엔 이자가 지은 죄가 너무도 크다.

으드득.

뼈가 부러지는 소리와 함께 흑마신의 입에서는 비명이 흘러나왔다.

"끄으으윽!"

게거품을 물며 고통에 부들부들 몸부림치는 흑마신. 그런 그에게 천무진이 확신 어린 목소리로 말을 이었다.

"……그게 백 번이고 천 번이고, 몇 번이 됐건 간에."

* * *

흑마신이 무너졌다.

그 말은 곧 흑마련 자체의 붕괴를 뜻하는 말이기도 했다.

실력 있는 무인들로 탄탄하게 뒷받침된다기보다는 흑마신이라는 존재 하나에 크게 의지하는 세력이었기에, 단 한 명의 죽음만으로도 모든 것이 무너져 버린 것이다.

그만큼 흑마련에서 흑마신이라는 존재가 지닌 비중은 절대적이었다.

거기다가 자신 있게 합류했던 수많은 흑마련의 고수들은 뭔가를 보여 주지도 못하고 아예 박살이 나 버리는 중이었다.

압도적인 백아린과 단엽, 한천의 무위 앞에 그들은 아무런 힘도 보여 줄 수 없었던 것이다.

이귀는 단엽에게 깨끗하게 머리통이 박살 나 버렸고, 뒤늦게 나타나 한천에게 덤벼들었던 일귀 또한 이미 곤죽이 되어 널브러져 있었다.

그렇게 싸움은 끝났지만, 아직 끝나지 않은 일이 하나 존재했다.

"이건 무효라니까? 난 저놈이 자꾸 방해를 해 댔잖아."

단엽이 손가락으로 쓰러져 있는 이귀를 가리키며 항변했다.

누가 더 많은 적을 쓰러트리나 은연중에 대결을 펼쳤던 백아린과 단엽이다. 그런데 계속되는 이귀의 방해로 시간이 지체되는 바람에 단엽이 백아린에 비해 두 명 정도 그 숫자가 밀린 것이다.

억울하다는 듯 말하는 그를 향해 백아린이 전혀 아랑곳하지 않고 대답했다.

"그냥 순순히 인정하지?"

지는 걸 죽기보다 싫어하는 단엽이었기에 그는 절대 안 된다는 듯 손사래를 쳤다.

"아냐, 이건 공정하지 못했어."

"그런 걸 따지는 부류는 아니었던 것 같은데……."

"에이! 몰라! 이번 건 무효!"

유치한 말을 내뱉는 단엽의 옆으로 다가온 한천이 웃는 얼굴로 입을 열었다.

"저기 근데 저는 계산 안 합니까? 저도 꽤 쓰러트려서 어쩌면 제가 일등일지도 모르……."

은근슬쩍 자신도 끼어들려던 한천은 자신을 향해 재빠르게 고개를 돌려 노려보는 두 사람의 눈빛에 급히 말을 돌렸다.

"하하, 전 빠져야죠. 암요."

그때 흑마신을 제거하고 이내 흑마련 무인들을 제압하는 걸 도왔던 천무진이 대충 상황을 정리하고 다가왔다.

그가 표정을 찡그린 채로 입을 열었다.

"아직도 그 이야기 중이야?"

대수롭지 않다는 말투에 단엽이 학을 떼듯 말했다.

"주인이 뭘 모르네? 이게 얼마나 중요한 일인데. 나한테는 죽느냐 사느냐 수준의 문제라고."

"됐고, 아직 일은 안 끝났어."

흑마련 무인들을 제압했고, 이후에 조금 더 추가적인 병력들이 나타나긴 했지만, 그들은 이미 싸울 전의를 잃은 상태였다.

자신들의 우두머리가 죽었고, 또한 자신의 동료들이 쓰러진 채 바닥을 가득 채우고 있었으니 싸울 의지가 사라지는 건 당연했다.

천무진은 빠르게 명령을 내렸다.

"두 사람은 이곳에 남아서 뒷일을 부탁할게. 그리고 당신은 날 좀 도와줬으면 하는데."

천무진이 백아린을 보며 말하자, 그녀는 고개를 크게 끄덕였다.

누가 더 적을 많이 쓰러트렸나 하는 이 대결의 종지부를 찍고 싶었는지 백아린이 성큼 천무진에게 다가와 그의 소매를 잡아당겼다.

"뭐해요? 어서 가요."

"어이! 이 대결은……."

백아린은 소리치는 단엽의 말을 못 들은 척하며 천무진을 끌고 걸음을 옮겼다.

순식간에 일행에게서 멀어진 백아린은 기가 막힌다는 듯 혀를 내둘렀다.

"정말 저 승부욕 하나는 알아줘야겠어요. 저렇게 집요하게 굴 줄이야."

"그냥 져 주지 그랬어."

천무진의 말에 백아린이 피식 웃으며 말을 받았다.

"저도 한 승부욕 하거든요. 절대 질 순 없죠."

이렇게 가냘파 보여도 이 여인은 무인이다.

그것도 아주 뛰어난 무인.

천무진은 옆에서 걷는 그녀를 잠시 바라보다 이내 입을 열었다.

"이번에도 그쪽들에게 큰 신세를 졌군."

"신세요?"

"부총관 덕분에 보다 쉽게 싸움을 이어 갈 수 있었거든."

한천은 지원 병력을 불러 모으기 위해 움직였던 삼귀를 사전에 차단하는 혁혁한 공을 세웠다. 덕분에 천무진은 보다 쉽게 이번 일을 마무리 짓는 것이 가능했다.

거기다가 고아들이 있을 것으로 파악되는 흑마신의 거처 또한 무사히 보존할 수 있었다.

천무진의 말에 백아린이 웃으며 대답했다.

"다행이네요. 술만 좋아하는 사고뭉치 부총관이 도움이

되었다니.”

말은 그리하지만, 그 말투 속에는 한천에 대한 그녀의 강인한 믿음이 묻어 나왔다.

오랜 시간 합을 맞춰 온 두 사람이다.

그 안에는 말로 형용하기 힘든 믿음이 존재했다.

천무진의 말에 답한 그녀가 이내 조심스레 입을 열었다.

“그런데 그 무기는 뭐예요?”

“이거?”

천무진은 자신의 허리춤에 차고 있는 천인혼을 가리키며 되물었다. 백아린이 고개를 끄덕였다. 처음 보았을 때부터 정체가 궁금했던 무기, 보통의 물건이 아니라는 건 직감했지만…….

천무진이 짧게 답했다.

“천인혼. 그쪽이라면 이름만으로 알 거 같은데?”

정보 단체 적화신루의 총관인 그녀에게는 굳이 긴 설명이 필요치 않았다. 물론 천인혼이라면 꼭 정보 단체가 아니더라도 많은 이들이 아는 이름이었고.

천무진의 대답에 백아린의 얼굴이 경악에 가까운 표정으로 돌변했다.

그녀가 놀란 듯 물었다.

“칠신기의 천인혼이요?”

"맞아."

"그게 당신한테 있었어요?"

"아니, 여기 오니까 있더라고. 아마 흑마신이 어떻게 구해 놨던 모양인데……."

"그런데 그 무기는 아무나 쓸 수 없다고 들었는데 말이에요."

주인을 자신이 선택한다는 신기한 무기 천인혼.

백아린의 물음에 천무진이 담담하니 고개를 끄덕였다.

"맞아, 덕분에 고생 좀 했었지."

"고생을 했었다고요?"

"그런 게 있어."

전생의 이야기였기에 천무진은 짧게 대답을 끝냈다. 백아린은 여전히 궁금한 게 남아 있는 눈치였지만…… 지금은 그보다 먼저 해결해야 할 일이 존재했다.

두 사람은 이내 목적지인 흑마신의 거처, 오 층으로 된 전각에 도착할 수 있었다.

백아린이 전각을 바라보며 입을 열었다.

"저기예요?"

"응, 아직 비밀 장소의 입구는 찾지 못해서 찾아봐야겠지만 대충 위치는 짐작하고 있어."

말을 마친 천무진은 성큼 전각을 향해 다가갔다.

아까 지붕을 통해 잠입했던 것과는 달리 이번엔 당당히 정문을 통해 안으로 걸어 들어갔다.

내부에는 아직까지 흑마련의 상황을 알지 못하는 몇몇 무인들이 자리하고 있었다.

아무렇지 않게 입구로 걸어 들어서는 두 사람을 발견한 그들이 서둘러 무기를 뽑아 들며 외칠 때였다.

"누구⋯⋯!"

퍽.

백아린의 몸이 빠르게 그들 사이를 파고들더니, 손가락으로 민첩하게 상대들의 혈도를 점혈해 버렸다. 순식간에 네 명의 적을 인형처럼 굳게 만들어 버린 그녀가 어서 오라는 듯 천무진을 향해 고갯짓을 했다.

백아린의 빠른 움직임 덕분에 손가락 하나 까딱이지 않고 전각 내부를 가로지르던 천무진이 이내 위층으로 향하는 계단으로 향했다.

뒤편에서 쫓던 백아린이 궁금한 듯 물었다.

"위쪽에 있나 봐요?"

"삼 층과 사 층 사이에 아마 비밀스러운 입구를 통해 보이지 않는 공간을 만들어 둔 것 같아."

"흐음, 일반적이지 않은데요?"

천무진이 위로 올라서자 피었던 궁금증이 그 답변으로

인해 순식간에 해소됐다.

백아린 또한 당연히 비밀 장소라고 한다면 지하에 감춰져 있을 거라 여겼다. 그런데 삼 층과 사 층 사이에 비밀 공간을 만들어 뒀다는 말에 절로 고개가 끄덕여졌다.

천무진은 백아린과 함께 순식간에 사 층까지 올라섰다. 그 와중에 계속해서 적들을 만났지만, 그들을 상대하는 것 정도는 그리 어려운 일이 아니었다.

혹시 모를 상황을 대비하여 천무진과 백아린은 큰 소란이 나지 않도록 적들을 완벽하게 제압하고 있었다.

사 층에 있는 이들까지 모두 쓰러트린 후에 두 사람은 꼼꼼히 주변을 살폈다.

아무래도 삼 층과 사 층 사이에 존재할 거라는 예상이 있었기에 바닥을 보다 유의 깊게 확인했다.

천무진과 백아린은 발에 신경을 집중한 채로 조심스레 걸음을 옮기고 있었다.

그리고…….

워낙 거처가 큰 탓에 시간이 다소 걸리긴 했지만, 꼼꼼히 걸음을 옮기던 백아린이 멈칫했다. 그녀가 이내 허리를 굽혀 이번엔 손으로 바닥을 어루만졌다.

그러고는 곧바로 주먹을 쥐고는 가볍게 바닥을 두드렸다.

통통.

소리를 확인한 그녀는 인근의 다른 장소를 두들겼고 그 곳에서는 다른 소리가 울렸다.

딱딱.

백아린이 서둘러 고개를 들어 천무진을 향해 전음을 날렸다.

『이쪽이에요.』

정말 이곳이 숨겨진 장소와 이어지는 비밀 통로가 맞다면 분명 안에는 누군가가 있을 수 있는 상황.

그랬기에 일부러 목소리를 내지 않고 전음으로 이 사실을 알린 것이다.

천무진은 곧바로 다가왔고, 백아린은 통통 소리가 난 바닥을 가리키며 재차 전음을 보냈다.

『유독 이쪽만 안이 빈 소리가 나요. 아마 이 아래쪽이 비밀 통로 같은데…….』

그냥 때려 부수고 들어갈 수도 있지만, 내부가 어떤 구조로 되어 있는지, 또 누가 있을지도 모르는 상황에 힘으로 들어가는 건 피해가 따를 수도 있었다.

백아린은 이 비밀 통로를 열 방도를 찾기 위해 손바닥으로 가볍게 바닥을 쓸었다.

허나 아쉽게도 딱히 손끝에 걸리는 이음새 같은 건 느껴지지 않았다.

그녀는 이내 주변을 향해 두리번거렸다.

'뭔가 있을 텐데. 이질감이 전혀 느껴지지 않고, 또 쉽사리 손을 대지 않을 만한 뭔가가…….'

딱히 뭔가가 보이지 않아 고민에 잠겨 있던 찰나 백아린의 시선에 뭔가가 걸렸다. 그건 다름 아닌 벽면에 달려 있는 화등잔이었다.

어두운 밤에 불을 붙이는 용도로 사용되는 화등잔이었기에 내부에 있는 것이 전혀 이상하지 않았다.

그녀는 곧바로 화등잔을 향해 다가갔다.

그리고 가볍게 그걸 손으로 잡고 이리저리 움직여 볼 때였다.

틱.

화등잔이 위로 밀려나는 순간 정체불명의 소리가 들렸다. 두 사람의 시선이 동시에 그 소리가 난 방향으로 향했다.

백아린이 의심했던 바닥 쪽에서 자그마한 나무 손잡이가 튀어나와 있었다.

잠시 시선을 맞춘 두 사람은 작게 고개를 끄덕였다.

가까이에 있던 천무진이 먼저 다가가 그 나무 손잡이를 잡고 옆으로 바닥을 밀 때였다.

그르르릉.

소리와 함께 바닥이 밀려 나갔고, 이내 안에 감춰져 있던 공간이 드러났다. 몇 개의 큼직한 계단이 보였고, 그 끝에는 길이 이어져 있었다.

천무진은 망설임 없이 곧바로 계단을 밟고 아래로 내려섰다.

층 사이에 감춰진 공간이라 그런지 높이는 그리 높지 않았다. 천무진이 살짝만 뛰어도 머리가 닿을 정도의 아슬아슬한 수준.

거기다 모든 곳이 막혀 있는 탓인지 공기 또한 상당히 갑갑했다. 그리고 그 안에서는 절로 구역질이 치밀 정도의 역한 냄새와 피 냄새 또한 느껴졌다.

혹시 모르게 빛이 새어 나가는 걸 방지하기 위해서인지 몇 개의 야명주만이 드문드문 빛을 발하고 있는 공간.

천무진과 백아린은 곧바로 벽에 몸을 바짝 붙인 채로 조심스레 걸음을 옮겼다.

길이 외길이었던 탓에 누군가가 나타난다면 몸을 감출 만한 장소가 없었다. 그랬기에 최대한 은밀하게 움직이며 혹여나 적을 발견하면 소리 없이 일격에 제압해야만 했다.

슬금슬금 걸음을 옮기던 천무진과 백아린의 옆에 문 하나가 모습을 드러냈다.

쇠로 빗장이 걸려 있어 안에서는 열 수 없는 구조였고, 문 위쪽에는 내부를 들여다볼 수 있도록 창이 나 있었지만, 쇠창살이 박혀 있어 손 하나 빼내는 것조차 불가능했다.

그런데 이 구조 뭔가 낯이 익었다.

순간 천무진은 무림맹에 들어가 뒷조사를 했던 관주 금호의 비밀 거점을 떠올렸다.

비밀스러운 실험이 자행되던 그곳.

바로 그곳도 이와 비슷한 형태를 띠고 있었다.

바깥에서 안쪽을 바라보며 실험의 결과를 확인할 수 있었던 그 구조가 이곳의 것과 아주 흡사했다.

선두에서 먼저 안쪽을 확인한 천무진의 눈동자가 흔들렸다.

'이건⋯⋯.'

안에 있는 건 수십 명이 넘는 아이들이었다.

그런데 그들은 하나같이 혈도를 점혈당한 것인지, 아니면 어떠한 독물 때문인지 모르겠지만 모두 깊은 잠에 빠진 것처럼 미동조차 하지 않았다.

조금의 소란조차 새어 나오지 않은 이유는 아마도 이 때문이었으리라.

잠시 내부를 바라봤지만 이내 천무진은 보다 안쪽으로 움직였다. 이곳은 그저 입구에 불과했고, 이 안에서는 어떠한 일들이 자행되어 온 건지는 아직 확인조차 하지 못한 상황이었으니까.

그런 천무진의 뒤를 이어 걸음을 옮기던 백아린 또한 방 내부의 모습을 보고는 움찔했다.

그녀의 안색이 한눈에 봐도 알 정도로 급격하게 굳어 갔다.

마치 시체처럼 누워 있는 아이들의 행색은 피골이 상접했고, 무척이나 지저분했다.

백아린은 입술을 꽉 깨물며 천무진의 뒤를 따랐다.

그로부터 몇 개의 방을 지나쳤고, 그 내부에는 처음 본 곳과 비슷하게 아이들이 죽은 것처럼 누워 있었다.

그렇게 길을 따라 움직이던 와중 두 사람의 감각에 움직이는 누군가의 기척이 느껴졌다.

문의 바로 옆에 바짝 붙은 채로 둘은 잠시 숨을 죽였다.

끼이익.

바깥에 침입자가 있다는 사실을 알지 못하고 누군가가 문을 열며 바깥으로 걸어 나올 때였다.

천무진의 손가락이 정확하게 상대의 혈도를 짚었다.

문을 열고 나왔던 이는 채 뭔가 반응도 하지 못한 채 그대로 축 늘어졌다. 천무진은 재빠르게 그자가 바닥에 쓰러지지 않도록 몸을 받아 냈다.

그러고는 이내 바닥에 눕히고는 열린 그 방 안쪽을 확인했다.

안에는 방금 나온 사내 말고 다른 누군가가 자리하고 있었다.

얼굴이 보이지 않음에도 불구하고 주름 가득한 손이나 희끗희끗하면서 무척이나 적은 머리숱을 보고 상대방이 꽤나 나이가 많은 자라는 걸 알아챌 수 있었다.

문이 닫히지 않도록 그사이에 발을 집어넣은 채로 내부의 상황을 살피던 두 사람.

그때 노인이 움직였다.

드러난 그자의 얼굴은 무척이나 끔찍했다.

검버섯이 핀 얼굴의 일부는 마치 녹아내린 것처럼 망가져 있었고, 곳곳에는 붉은 흉터가 있었다.

쭉 찢어진 눈과 삐쩍 마른 몸뚱이를 지닌 노인은 입가에 커다란 두건을 두른 상태였다. 그가 막 움직인 자리 뒤편에 있던 향로에서는 하얀 연기가 조금씩 피어오르고 있었다.

노인이 움직인 장소는 방 한쪽에 있는 평평한 돌로 만든 침상이 있는 곳이었다. 그리고 그 위에는 정신을 잃은 듯 보이는 아이 하나가 있었다.

고작 여덟 살이나 되었을까?

미동조차 하지 못하는 조그마한 소년은 차가운 돌 침상에 누워 다가올 불행한 미래를 그렇게 맞이하고 있었다.

"클클, 오늘은 이걸로 해 볼까?"

즐겁다는 듯 웃음을 터트린 노인은 쥐고 있던 손을 펼쳤다. 그 안에는 정체 모를 새하얀 애벌레 한 마리가 꿈틀거리고 있었다.

애벌레를 쥔 노인의 눈가에는 웃음기가 가득했다.

노인의 반대편 손이 소년의 입을 벌렸다.

그리고 막 새하얀 애벌레를 쥔 손을 움직이는 그 찰나였다.

팍.

갑자기 나타난 백아린이 아이의 입에 벌레를 욱여넣으려던 노인의 손을 꽉 움켜잡았다. 놀란 듯 노인이 뭔가 반응을 하려고 할 때였다.

그녀가 서늘한 목소리로 입을 열었다.

"입 여는 순간 당신은…… 죽어."

9장. 자모충
― 적이다

　환기조차 잘되지 않는 비밀 공간.

　낮은 천장과 어두운 공간이 답답하기도 하련만, 노인은
이곳이 무척이나 좋았다.

　여기서 자신은 모든 이들의 생명을 좌지우지하는 절대자
였으니까.

　자신의 손길 하나에 죽고 사는 아이들을 보고 있노라면
흡사 본인이 신이 된 건 아닐까 하는 착각을 불러일으켰다.

　스스로를 혈라신(血羅神)이라 칭하는 자.

　손에 쥔 하얀 벌레를 바라보는 혈라신의 얼굴에는 웃음
이 가득했다.

어린아이의 새끼손가락만 한 크기의 하얀 벌레.

꿈틀거리는 모양새가 징그럽기도 하련만 그는 익숙한 듯 손가락으로 그 벌레를 어루만졌다. 그러고는 이내 앞에 눕혀져 있는 어린아이의 입을 벌리며 막 그걸 넣으려는 찰나, 잡혀 버린 손목.

"입 여는 순간 당신은…… 죽어."

동시에 들려오는 서늘한 목소리의 경고까지.

막 손목이 붙잡히는 순간 혈라신의 주름 가득한 얼굴엔 불쾌함이 밀려들었다.

하지만 이내 들려온 목소리를 듣자 알 수 있었다.

외부인이 이곳에 들어왔다는 사실을.

당황한 혈라신이 어떻게 입을 열어야 하나 고민하는 그때 백아린이 곧바로 그의 손목을 비틀었다.

"으윽!"

삐쩍 마른 혈라신의 손목은 곧장 부러질 것처럼 꺾였다. 동시에 아이의 입에 넣으려 했던 정체불명의 하얀 벌레가 바닥으로 툭 떨어졌다.

백아린은 바닥에 떨어진 벌레를 힐끔 바라봤다.

이것저것 잡다한 지식이 많은 그녀였지만…….

'뭐지?'

아쉽게도 백아린은 이 벌레의 정체를 알 수가 없었다. 어디서나 볼 수 있는 평범한 애벌레 같으면서도 곳곳에 새겨져 있는 붉은 끈 같은 무늬는 뭔가 위험스러운 느낌을 풍겼다.

잠시 벌레에게 시선을 줬던 백아린은 다시 눈길을 돌리고는 반대편 손으로 혈라신의 입을 가리고 있던 두건의 아랫부분을 움켜잡았다.

탁.

재빠르게 낚아채듯 두건을 벗겨 낸 그녀는 곧장 상대의 얼굴을 확인했다.

두건을 벗기기 전부터 예상은 했지만, 상당한 나이를 지닌 인물이었다.

여든은 거뜬히 넘겼을 법한 모습.

거기에 붉은 흉터와 얼굴 일부가 녹아내린 듯한 흉측한 외모가 눈길을 잡는다.

눈을 마주하는 것만으로도 움찔할 정도로 소름 돋는 외모였지만…… 그녀는 눈 하나 깜빡하지 않았다. 여전히 차가운 시선으로 그를 응시할 뿐.

그 순간 뒤편에 있던 천무진이 천천히 모습을 드러냈다.

"혹시 누군지 알겠어?"

"……아뇨. 전혀요."

백아린은 혈라신을 뚫어지게 바라보며 대답했다.

여전히 손목을 꽉 잡혀서 옴짝달싹 못 하는 혈라신은 뒤에서 나타난 천무진에게 잠시 시선을 돌렸다. 정신이 없어 몰랐는데, 이곳에 있는 건 한 사람이 아니었던 모양이다.

'어찌 이곳에 외부인이 들어올 수 있단 말인가.'

흑마련에서도 정말 극소수만 아는 비밀 거점이다.

그리고 흑마련 련주의 거처인 이곳까지 적이 들이닥쳤다는 것은 곧 뭔가 큰일이 벌어졌을지도 모른다는 의미였는데…….

갑자기 벌어진 이 상황을 헤쳐 나가기 위해 혈라신이 눈동자를 굴릴 때였다.

가까이 다가온 천무진은 곧장 아이의 상태를 확인했다. 숨이 가늘긴 했지만, 다행히도 아직은 살아 있는 상태였다.

그가 입을 열었다.

"어이, 영감."

"예?"

놀란 듯 혈라신이 목소리를 높이자 천무진이 가볍게 미간을 찡그렸다. 그러고는 곧바로 말을 받았다.

"저 여자가 한 경고 잊은 건가. 시끄러운 소리 때문에 번거로운 일이 벌어지는 건 질색인데."

말을 듣기 무섭게 백아린은 곧장 손목을 움켜쥐고 있던 손에 강한 힘을 주었다. 그가 놀란 듯 신음을 토해 내려고 할 때였다.

백아린의 반대편 손이 혈라신의 입을 틀어막았다.

밀려드는 고통에 몸부림쳤지만, 소리 하나 새어 나지 않았다.

천무진이 손짓을 하자 그제야 백아린은 꽉 쥐고 있던 손에 힘을 풀었고, 동시에 막고 있던 입도 풀어 줬다.

천무진이 말했다.

"이제 어떻게 해야 하는지 잘 알겠지?"

혈라신이 서둘러 고개를 끄덕였다. 그렇지 않으면 지금 당장이라도 꽉 쥐여 있는 이 손목이 부러질 것만 같았으니까.

대답을 들은 직후 천무진이 질문을 던졌다.

"이 벌레는 뭐지?"

"그건……."

머뭇거리는 혈라신의 모습에 천무진이 슬쩍 백아린과 시선을 맞췄다. 그녀가 기다렸다는 듯 손목을 비틀었다.

그의 입에선 재차 비명이 터져 나오려 했지만, 이번에도 그녀가 빨랐다.

순식간에 입을 막은 탓에 혈라신의 비명은 속에서 메아리칠 뿐이었다.

그가 붉어진 얼굴로 숨을 헐떡거렸다.

"속이려는 생각은 버리는 게 좋을 거야. 이미 어느 정도 알고 왔거든. 아마도 이놈과 관련 있는 거겠지."

말과 함께 천무진은 연기가 피어오르고 있던 향로의 뚜껑을 덮었다. 어찌 보면 별 의미 없어 보이는 움직임, 하지만 향로에서 피어오르던 연기가 무엇인지 아는 혈라신의 입장에서는 놀란 듯 눈을 치켜뜰 수밖에 없었다.

 사람의 정신을 지배하는 몽혼향(夢魂香)의 일종.

 문제는 상대방이 이 연기에 대해 알고 있어 보인다는 거다.

 연달아 밀려오는 생각지도 못한 상황에 혈라신이 당혹감을 감추지 못하는 그때였다.

 천무진이 짧게 말했다.

 "머리 굴리지 마. 당신한테 기회는 얼마 없거든."

 말을 끝낸 그가 손가락으로 벌레를 가리켰다. 할 말이 있으면 어서 해 보라는 듯한 모습이었다.

 결국 혈라신이 입을 열었다.

 "자, 자모충(子母蟲)입니다."

 "자모충? 어디다 쓰는 물건이지?"

 "그게……."

 이름을 말해 주긴 했지만, 다음 질문에는 결국 머뭇거릴 수밖에 없었다. 섣불리 대답을 하지 못하던 혈라신은 자신을 노려보는 백아린의 시선을 느끼고는 황급히 말을 이었다.

 "자모충은 사람을 조종할 수 있게 만드는 벌레입니다."

 이 벌레는 유충의 단계를 지나 커다란 상태가 되면 자연스레 새끼를 낳는다. 그렇게 낳게 된 자신의 새끼를 찾아 돌아다닌다 하여 붙여진 이름이 바로 자모충이다.

중원이 아닌 먼 남만 오지에서만 서식하는 벌레로 특별한 경우가 아니라면 그곳을 제외한 장소에서는 그리 오래 살지 못한다.

그리고 그 특별한 경우는 다름 아닌…… 사람의 몸속이었다.

혈라신의 말에 천무진이 미간을 찡그린 채로 되물었다.

"사람을 조종한다고?"

"네, 그렇습니다."

"지금 향로에서 피어오르는 연기도 그런 물건이잖아. 그런데 이 자모충이라는 벌레도 그렇다고?"

"비슷하다고 보실 수도 있는데…… 조금 다릅니다."

"어느 부분이?"

"이 연기는 마치 취한 것처럼 사람을 몽롱하게 만듭니다. 이 자모충은 그 상태를 더욱 극대화시키는 역할을 합니다. 그리고 필요한 상황에서는 더욱 강하게 상대를 조종할 수 있게끔 만들어 줍니다."

대답을 듣는 내내 천무진은 전생의 기억을 떠올리지 않을 수 없었다. 지금 눈앞의 노인이 내뱉는 그 모든 말들이 그때의 자신과 연관이 있음을 잘 알기 때문이다.

바닥에서 꿈틀거리는 자모충을 보는 천무진의 표정은 복잡했다.

'나도 저 벌레에 당했던 건가?'

기억은 나지 않지만 지금 혈라신이 말하는 것이 모두 사실이라면 그 또한 충분히 가능성 있는 이야기다.

아니, 천하제일인이 되었던 천무진을 조종했을 정도니 보통의 방법만 취하지는 않았을 게 분명하다.

이곳에서 실행되었던 실험이 뭔지 확실히 정리한 천무진이 물었다.

"그럼 넌 여기에서 그 실험들을 이 어린아이들에게 자행한 거고?"

"저, 저도 하고 싶어서 한 일이 아닙니다. 살기 위해서는 어쩔 수 없이 명령을 따라야 하다 보니 억지로 해야만 했던 겁니다."

서둘러 둘러대는 혈라신을 보며 천무진은 비웃음을 흘렸다.

아이를 향해 다가가며 흘리던 웃음소리를 바로 지척에서 들었는데, 이제 와서 피해자인 척하는 모습이 가증스러워서다.

그가 조롱하듯 말했다.

"아, 그랬어?"

비웃으며 고개를 돌린 천무진이 백아린을 향해 물었다.

"그렇다는데 어떻게 생각해?"

"물어서 뭐해요. 개소린데."

말과 함께 백아린이 다시금 혈라신의 입을 막으며 손목을 비틀어 버렸다. 그러고는 이내 고통에 가득 찬 그를 향해 차갑게 말했다.

"억울하다느니 그런 헛소리는 집어치워. 최소한 네가 죽인 그 아이들에게 일말의 죄책감이라도 있다면. 알겠어?"

백아린의 경고에 혈라신은 고통스러운 표정으로 빠르게 고개를 끄덕였다.

천무진이 다시 질문을 던졌다.

"언제부터 여기서 일했지?"

"이, 이십 년쯤 됐습니다."

"……그럼 그동안 여기 온 어린아이들은 전부 네가 죽였겠군."

살기와 함께 터져 나온 의미심장한 말투에 혈라신이 빠르게 대꾸했다.

"다, 다 죽이진 않았습니다."

"다 죽이진 않았다고?"

천무진이 이야기를 듣기 위해 잠시나마 살기를 거두자 그가 서둘러 자신이 아는 것에 대해 스스로 털어놓기 시작했다.

"예. 이곳에 들어오는 아이들은 두 종류로 나뉩니다. 평범한 아이는 이렇게 실험용으로만 쓰이지만, 근골이 좋은 경우는 좀 다릅니다. 그 아이들은 일차적으로 이곳에서 자모충을 먹인 후에 다른 곳으로 보내집니다."

"거기가 어디지?"

"그건 모릅니다. 그건 오직 흑마신만 알고 있으니까요."

"……귀찮게 됐군."

흑마신은 이미 천무진의 손에 죽어 버린 상황이다. 지금 혈라신이 말한 곳을 알아내기 위해서는 죽은 그를 지옥에서 끌고 와야 가능한 일이었다.

천무진이 재차 물었다.

"근골이 좋은 아이들은 어디다 쓰는 거지?"

"정확히는 모르겠지만 아마도…… 특별히 키우는 것 같았습니다. 자모충을 먹여 두었으니 조종하기도 편하고요."

혈라신의 말은 전혀 생각지도 못했던 일이었다.

근골이 뛰어난 아이들을 따로 모으고 있었다니?

이 같은 일이 벌어진 건 고작 한두 해의 문제가 아니었다. 수십 년 동안 자행된 일, 그렇다면 지금 얼마나 많은 빼어난 무인들이 그들의 손에서 꼭두각시가 되어 움직이고 있는 걸까?

"그럼……."

막 말을 이으려던 천무진의 귀에 발걸음 소리가 들어왔다.

입구를 향한 천무진의 시선.

숫자는 셋이었다.

천무진이 검지를 치켜세우며 혈라신에게 조용하라는 신호를 보냈다.

알겠다는 듯 고개를 끄덕이는 그.

하지만 속내는 다를 수밖에 없었다.

'기회는 지금밖에 없다.'

살기 위해 떠들어 대긴 했지만, 혈라신은 이자들이 자신을 순순히 놓아주지 않을 거라는 걸 알았다. 당장의 죽음을 피하기 위해 고분고분 대답을 하긴 했지만 언제든 도망칠 기회만 엿보고 있었다.

흑마련이 완전히 뒤집힌 걸 모르는 혈라신이다.

그런 그였기에 이곳만 빠져나가면 어떻게든 도움을 줄 아군이 있을 거라는 큰 착각에 빠져 있었다.

백아린은 꽉 잡고 있던 혈라신의 손을 놓고는 곧장 문 옆으로 다가가 몸을 기댔다. 그녀의 손이 자신의 커다란 대검을 움켜잡았다.

천무진은 계속 그 자리에 선 채로 열릴 문 쪽으로 시선을 주고 있었다.

이윽고 닫혀 있던 문이 열렸다.

외부와 내부의 상황을 모르는지 태평한 표정으로 들어선 사내가 막 입을 열었다.

"혈라신 어르신, 이번에……."

말을 하던 사내의 시야에 당연히 전방에 서 있는 천무진이 들어왔다.

순간 움찔한 그의 귓가로 혈라신의 목소리가 들려왔다.

"적이다!"

들려오는 비명 소리에 사내는 놀라면서도 재빠르게 허리춤에 있는 검을 향해 손을 움직였다. 그리고 그건 그의 뒤편에 있던 나머지 두 사람 또한 마찬가지였다.

허나…….

부웅!

옆에 숨어 있던 백아린의 대검이 순식간에 세 사람을 휩쓸어 버렸다.

날아드는 검이 세 사람을 곧장 후려치며 그들을 벽에 처박아 버렸다.

쿠웅.

커다란 소리와 함께 건물 자체가 뒤흔들렸다.

무공을 할 줄 모르는 혈라신이었기에 천무진과 백아린의 실력을 전혀 예상하지 못했고, 젊은 겉모습만으로 그들의 힘을 지레짐작한 것이 실수였다.

다급히 소리쳤던 혈라신은 스스로의 입을 틀어막은 채로 멍하니 상황을 응시했다.

비밀 장소를 지키는 무인이니만큼 흑마련에서도 뛰어난 실력자들로 구성돼 있었다. 그런 그들이 단 한 방에 모두 벽에 처박혀 버렸다.

세 사람을 아무렇지 않게 쓰러트린 백아린을 향해 놀란 시선을 주고 있는 그때였다.

천무진이 손을 뻗어 그의 턱을 움켜잡았다.

자신이 있는 방향으로 턱을 잡아당겨 시선을 맞춘 천무진이 입을 열었다.

"잘못짚었어. 내가 너한테 조용하라고 한 건 무서워서가 아니거든. 그리고 또 하나 착각하고 있는 것 같아서 말해 주는데 여기서 벗어난다고 해서 어떻게 될 거라 생각하지는 마. 이미 흑마련은 박살이 나 버렸으니까."

"……!"

흑마련이 박살 났다는 말에 혈라신은 두 눈을 부릅떴다. 정말로 그 말대로라면 이제 자신이 도망칠 방도는 아예 사라진 것과 다름없었으니까.

천무진이 침묵하는 그를 향해 물었다.

"다시 조용해졌으니 또 질문하지. 이런 일을 네게 시킨 그놈들이 누구야?"

"그건…… 모릅니다."

"모른다고? 생각나게 해 줄까?"

말과 함께 천무진이 가볍게 그의 어깨를 움켜잡았다. 내력을 흘려보내자 갑자기 고통이 밀려들었고, 혈라신은 사시나무 떨듯이 덜덜 떨기 시작했다.

그가 그 상태로 말했다.

"저, 정말입니다!"

다급하게 말하는 혈라신의 모습에 천무진이 흘려보내던 내공의 일부를 거뒀다.

고통이 조금 약해지자 기다렸다는 듯 그가 말을 쏟아 냈다.

"여태 질문에 전부 대답하지 않았습니까. 굳이 제가 숨길 이유가 없지요. 정말로 전 모릅니다. 알려 주지도 않았고, 알려고 하지도 않았습니다. 전 그저…… 실험을 하는 것 외에는 관심이 없었으니까요."

믿어 달라는 듯 말하는 혈라신을 보며 천무진은 짧게 한숨을 내쉬었다.

아쉽게도 이 말은 거짓말처럼 보이지 않았다.

말대로 그는 너무도 쉽게 모든 걸 술술 이야기했었다. 그런 상대가 갑자기 비밀을 지키기 위해 고통을 감내할 확률은 그리 높지 않았다.

허나 이대로 놓아줄 수는 없는 상대.

천무진이 고개를 끄덕였다.

"뭐 아는지 모르는지는 추후에 캐 보면 알 일이지."

끌고 가서 계속해 조사를 해 볼 생각이고, 어떻게든 단서를 찾아내기 위해 노력할 것이다.

천무진이 손을 풀자 혈라신은 자신의 어깨를 움켜쥔 채로 주춤거리며 물러섰다.

그런데 두 사람을 가만히 바라보고만 있던 백아린이 갑자기 뭔가가 생각난 듯 다가왔다.

"잠시만요."

"……?"

천무진은 심각해 보이는 표정으로 다가선 백아린에게 시선을 돌렸다. 그녀가 바로 옆에 선 채로 혈라신을 뚫어져라 살펴봤다.

분명 이 얼굴은 본 적이 없다.

그런데 저 일부가 무너진 얼굴과 붉은 상처들을 보고 있노라니 뭔가 떠오르는 것이 있었다.

백아린이 혹시나 하는 얼굴로 입을 열었다.

"당신 혹시 적면신의(赤面神醫)?"

설마 하고 내뱉은 백아린의 말에 혈라신이 움찔했다. 그리고 그 반응은 이미 많은 걸 이야기해 주고 있었다.

"하, 맞나 보네."

백아린이 기가 막힌다는 반응을 보이자 천무진이 물었다.

"적면신의가 누군데?"

물어 오는 질문에 그녀가 천천히 입을 열었다.

"중원을 대표하는 세 명의 의원 중 하나예요."

＊　　　＊　　　＊

중원을 대표하는 의원은 셋이었다.

정파의 의선(醫仙)과, 마교의 마의(魔醫). 그리고 바로 신의라 불렸던 적면신의.

그런데 어느 날 갑자기 신의가 사라졌다.

이야기는 많았지만 결국 시간이 흐르자 사람들은 그가 죽었다고 여겼다. 나이도 많았고, 세상에서 그의 흔적은 조금도 찾을 수 없었기 때문이다.

그렇게 명망 높은 의원이었던 그가 이곳 비밀 거점에 숨어 살고 있었다.

그것도 이런 말도 안 되는 실험을 자행하며.

충격적인 사실이었지만 지금은 그런 것에 놀랄 때가 아니었다.

해야 할 일들이 있었다.

바로 이곳 사해도의 뒷정리였다.

혈라신이라는 이름으로 이곳에 있던 적면신의를 제압한 직후 비밀 공간 안에 있던 남은 사해도 무인들 모두를 제압했다.

그들을 쓰러트린 후 천무진과 백아린은 그 안에 갇혀 있는 아이들을 구해 냈다.

그렇지만 그 숫자는 고작 백여 명 정도밖에 되지 않았다.

매번 천 명 가까운 숫자의 아이들이 주기적으로 이곳 사해도로 보내졌다. 그런 일들이 일 년에 서너 번씩 벌어졌지만, 결국 구해 낼 수 있는 건 운 좋게 살아 있는 이 아이들이 전부였다.

언제나 그렇게 많은 인원들이 들어왔다는 말은 곧 그 시간 안에 그만큼 죽었다는 말이기도 했으니까.

대부분이 이곳에서 실험을 당하다 죽었고, 또 일부는 혈라신이 말했던 것처럼 어딘가로 끌려가서 그들의 인형이 되어 있을 게 분명했다.

간신히 백여 명의 아이들을 구해 내긴 했지만 그들의 상태는 하나같이 좋지 못했다.

어차피 죽어야 할 실험물이라 생각해서인지 관리가 형편없었기 때문이다. 제대로 된 식사나 물을 공급받지 못했고, 각종 병에 걸려 있을 정도였다.

거기다가 사람을 지배하는 연기에 계속 노출되며 심신이 망가진 탓인지 대부분이 정신조차 차리지 못하고 있었다.

서둘러 치료가 필요한 상황이었다.

문제는 지금 이곳이 섬이라는 점이었다.

단엽, 한천과 다시금 조우한 천무진이 말을 꺼냈다.

"우선 잡아 둔 흑마련 놈들은 그렇다고 쳐도 아이들은 최대한 빠르게 사해도 바깥으로 빼내야 할 것 같은데."

"상태가 그렇게 안 좋습니까?"

"최악이야."

한 치의 머뭇거림도 없이 곧바로 돌아오는 천무진의 대답에 한천이 표정을 구겼다. 직접 눈으로 보지는 못했지만, 그 대답만으로도 상황이 좋지 않음을 느꼈기 때문이다.

함께 돌아온 백아린이 두 사람 사이에 끼어들었다.

"우선 이 섬부터 나가야 할 것 같아요. 여기서는 치료할 방도가 없으니까요."

"그건 아는데…… 이 많은 아이들을 끌고 나갈 방법이 있을까?"

이곳 사해도에는 흑마련이 이용하는 많은 배들이 있다. 하지만 그것들의 크기는 무척이나 컸고, 그들끼리 배를 움직이는 건 그리 간단한 문제가 아니었다.

천무진의 물음에 잠시 생각에 잠긴 백아린이 이내 빠르

게 해답을 내놨다.

"이거 어때요? 흑마련 무인들 중 일부를 쓰는 거죠."

"저들을 이용한다고?"

"네, 많이도 필요 없어요. 열 명이면 충분할 테니까요. 그들을 이용해 배를 광서성으로 움직이는 거예요. 그리고 곧바로 저희 적화신루가 움직여 실력 있는 의원들을 불러 모으죠."

"선장 역할은 제가 하겠습니다. 배를 몰아 본 경험이 좀 있으니까요."

옆에 있던 한천이 뱃머리는 자신이 맡겠다며 나섰다.

이곳 사해도로 올 때야 지키고 있을 무인들 때문에 직접 배를 몰지 않고, 굳이 복잡하게 상단의 선박에 숨어서 들어왔지만 돌아갈 때는 다르다.

날씨만 나쁘지 않다면 그리 어렵지 않게 돌아가는 것이 가능할 게다.

그때 옆에서 이야기를 듣고 있던 단엽이 백아린에게 물었다.

"가능하면 광서성에서 좀 동쪽으로 가 줄 수 있겠어?"

"그건 왜?"

"왜긴. 아이들을 지켜야 할 거 아냐."

단엽은 생각한 것이다.

지금까지 보아 온 그들이라면 증거가 될지도 모르는 아이들을 그냥 살려 두지 않을 수도 있다고.

그렇다면 아이들을 그냥 마을에 두는 건 위험하다.

그리고 적화신루에게 맡겨 둔다 해도 아이들을 지켜 낼 거라는 확신이 없었다.

솔직히 말해 지금 눈앞에 있는 이 두 사람의 무위는 정말 믿을 수 없이 놀라웠지만…… 적화신루 자체만 본다면 그 무력이 그리 빼어난 집단은 아니다.

광서성에서 최대한 동쪽으로 가 달라고 한 이유는 바로 그 때문이었다.

광서성의 동쪽은 운남성과 붙어 있고, 그곳에는 대홍련의 거점이 있었으니까.

단엽이 말을 이었다.

"아이들은 우리 대홍련이 지킬게."

"……좋은 생각이야."

백아린이 고개를 끄덕였다.

이야기가 그리 진행되자 옆에 서 있던 한천이 물었다.

"그럼 여기 있는 나머지 놈들은 어떻게 할까요? 숫자가 제법 됩니다."

천무진 일행에게 죽은 숫자도 적지 않았지만, 흑마련 자체의 인원수 또한 꽤나 많았다. 제압당한 채로 갇혀 있지만, 그들 모두를 배에 태우고 이동하는 건 무리였다.

백아린이 곧바로 대답했다.

"놈들까지 데리고 갈 순 없으니 혈도를 제압하고 우선 여기에 둬야 할 것 같은데. 나가자마자 사람을 모아서 여기 있던 놈들을 모두 추포하는 식으로 마무리 짓자고."

"예, 그렇게 하죠. 그럼 제가 다시 혈도들을 점혈해서 한동안 절대 못 깨어나도록 만들어 두겠습니다. 며칠 정도 굶겠지만…… 그 정도야 뭐."

실험에 직접적으로 개입되진 않았다 해도 아이들을 납치하고, 악행을 벌이는 데 도움을 주었던 자들이다. 그들 또한 그에 상응하는 벌을 받아야 마땅하다.

백아린이 입을 열었다.

"말한 대로 배를 몰아야 하니 고분고분 말 잘 들을 것 같은 놈들 열 명 정도만 추려 오고."

"그러죠, 대장."

"우리는 아이들을 배에 옮기고 있을게. 부총관은 일 끝나는 대로 우리가 타야 할 배 한 척을 제외하고 다른 건 모두 불태워. 조그만 나룻배 하나도 남기지 말고."

혈도를 점혈해서 꼼짝 못 하게 할 예정이지만 혹시라도 벌어질 수 있는 만약의 상황을 방비하기 위해서다.

배를 모두 불태우면 꼼짝없이 섬에 갇혀야만 했으니까.

백아린의 명령에 한천이 고개를 끄덕이고는 빠르게 사라졌다.

그녀가 옆에 있는 천무진과 단엽을 향해 말했다.

"그럼 저희도 움직이죠."

말을 끝낸 세 사람은 곧장 흑마신의 거처로 돌아갔다. 그러고는 그곳에 있는 비밀 거점에 갇혀 있던 아이들을 모두 자신들이 탈 배로 옮기기 시작했다.

백여 명에 가까운 숫자였기에 몇 번을 오가고서야 모든 아이들을 배에 싣는 일이 끝났다. 그리고 마찬가지로 한천 또한 일을 끝내고 배에서 기다리는 일행에게로 돌아오고 있었다.

그런 그의 뒤편에는 쭈뼛거리며 눈치를 보고 있는 열 명의 흑마련 무인들이 있었다.

선두에 서서 배를 향해 다가오는 그를 향해 뱃머리에 앉아 있던 백아린이 퉁명스레 소리쳤다.

"늦어!"

"어휴, 그 많은 일을 혼자서 다 하는데 이 정도면 엄청 빠르게 끝낸 거죠."

"됐으니까 빨리 올라와. 뒤편에 있는 그자들이 부총관이 뽑은 사람들이야?"

"네, 워낙 험상궂게 생긴 놈들 일색이라 개중에 고르느라 좀 힘들었습니다.”

특유의 능글거리는 말투와 함께 한천이 웃어 보였다.

백아린이 못 말리겠다는 듯 고개를 저을 때였다. 한천이 배 위에 오르며 뒤편에 있는 이들에게 빨리 오라는 듯 손짓했다.

“뭣들 하십니까? 어서 오라니까요.”

웃으며 정중하게 내뱉는 말이었지만 그걸 보는 이들은 마른침을 꿀꺽 삼켰다.

저 부드러운 모습 뒤에 감춰진 진면모를 보았기 때문이다.

흑마련 무인들 사이를 헤집고 다니던 때의 그는 야차와도 같았다.

모두가 배에 타기 전에 서로 눈치를 보는 그때 한천의 입가가 미묘하게 꿈틀거렸다. 그리고 그 모습을 본 이들은 화들짝 놀라며 황급히 배 위로 올라섰다.

그들은 한천의 앞에 일렬로 도열한 채로 명령을 기다렸다.

그리고 그런 흑마련 무인들의 모습을 난간에 앉아서 보고 있던 단엽이 어이가 없다는 듯 말했다.

“아주 기가 바짝 들어갔네.”

단엽의 중얼거림을 못 들은 척하며 한천이 목소리를 높였다.

"자! 출항입니다. 닻을 올리고 돛을 펼칩시다."

그의 유쾌한 목소리와 함께 사해도에 남은 유일한 한 척의 배가 움직이기 시작했다.

＊　　　＊　　　＊

깊은 잠에 빠져 있던 휘장 안의 인물이 꿈틀했다.

늦은 시각, 갑작스레 느껴진 인기척 때문이었다. 그자가 막 침상에서 몸을 일으켜 세웠을 때였다. 기다렸다는 듯이 문 건너에서 수하의 목소리가 들려왔다.

"어, 어르신 깨어 계십니까?"

"이 야밤에 무슨 일이야."

대답을 하는 그의 목소리에는 다소 짜증이 묻어 있었다.

종일 꽤나 바삐 움직였던 탓에 오늘 하루만큼은 좀 푹 쉬고 싶었던 그다. 그런데 이렇게 늦은 시각 갑작스레 찾아온 수하의 방문으로 인해 그의 휴식은 산산조각이 나 버렸다.

퉁명스러운 대답에 수하가 다급히 대답했다.

"급히 보고드릴 것이 있습니다."

"……들어와."

승낙이 떨어지자 문이 열리며 수하가 안으로 뛰어 들어왔다.

곧바로 부복하며 고개를 조아리는 상대를 향해 휘장 너머의 인물이 먼저 입을 열었다.

"무슨 일인데 이리도 급히 찾아온 게냐."

"천무진이 일을 벌였습니다."

"고작 그놈의 일로 내 잠을 깨웠다고?"

천무진을 무시하는 듯한 말투.

평소 자신의 상관이 천무진을 어찌 생각하는지 잘 알기에 사내는 전혀 당황하지 않았다. 오히려 서둘러 자신이 온 이유를 그에게 설명해야만 했다.

"천무진이 청아원을 박살 냈습니다."

"……뭐?"

심드렁한 어투로 반쯤 누워 있던 휘장 너머의 인물이 갑자기 벌떡 몸을 일으켜 세웠다.

사천 무림맹에 있던 천무진이 별동대에 소속되어 움직였다는 사실은 이미 알고 있었다. 뭔가 의심스러웠기에 곧바로 조사에 착수했다.

그렇지만 그들의 목적지가 운남이라는 말에 청아원 쪽은 전혀 신경 쓰지 않았는데…….

그제야 그는 알 수 있었다.

"그 애송이에게…… 내가 당했구나."

성동격서(聲東擊西)의 계.

동쪽으로 가는 듯하다가 서쪽을 친다는 전술이다.

분한지 이를 부득 갈던 휘장 너머의 인물이 이해가 안 간다는 듯 중얼거렸다.

"대체 어떻게 청아원을 안 거지?"

그것과 관련된 정보는 일체 흘리지 않았거늘 천무진이 움직인 것이다.

허나 지금 중요한 건 청아원이 아니었다.

휘장 안에서 심각한 목소리가 흘러나왔다.

"설마…… 사해도도 드러난 건 아니겠지?"

"그, 그럴 리가 있겠습니까. 청아원을 무너트렸다고 해도 사해도까지는 알아내지 못했을 겁니다. 그리고 당시에 함께 움직였던 별동대가 곧바로 복귀하고 있다니 걱정하실 필요 없으십니다."

수하의 말에 휘장 안의 인물이 크게 고개를 끄덕이며 말을 받았다.

"그래, 그럴 게야. 아니, 반드시 그래야만 해. 청아원을 잃은 건 회복할 수 있는 문제지만 사해도까지라면…… 이야기는 달라지지."

청아원은 분명 중요한 거점이었다.

허나 그들이 손가락 중 하나에 불과하다면, 사해도는 팔이라고 봐도 무방할 정도다. 손가락 하나 잃는 정도야 어떻게든 수습할 수 있지만 팔 자체가 잘려져 나간다면 그 타격은 이루 말로 형용할 수 없는 수준이었으니까.

스스로에게 절대 그럴 일이 없다 다독이던 그가 수하를 향해 빠르게 명령을 내렸다.

"곧바로 사해도 쪽에 사람을 보내 무슨 이상한 낌새는 없었는지 확인하도록 해. 그리고 뭔가 있다면 서둘러 본거지를 옮길 채비까지……."

막 말을 이어 가던 그때 누군가의 인기척이 느껴졌다. 열려 있는 문을 통해 모습을 드러낸 건 또 다른 수하였다.

그가 다급히 부복하며 소리쳤다.

"특급으로 분류되는 전서구가 날아들어 급히 왔습니다. 휴식을 방해하여 송구합니다."

"됐으니 가져와 봐."

이미 잠은 깬 지 오래.

휘장 안 인물의 명령에 전서구에 달려 날아온 서찰을 가져온 수하가 서둘러 그가 있는 쪽으로 다가갔다.

그러자 휘장 안에서 빠져나온 손이 서찰을 가로챘다.

수하에게서 받은 서찰을 펼친 그자가 갑자기 움찔했다. 그러고는 이내 참기 어려웠는지 서찰을 와락 움켜쥐었다.

청아원이 들통나서 사라졌다는 말을 전해 들은 직후 날아든 소식.

그건…….

심각한 분위기를 느껴서인지 먼저 와 있던 수하가 조심스레 입을 열었다.

"어르신 무슨 일입니까?"

"……사해도가 무너졌다."

"예? 그, 그게 사실입니까?"

으드득!

휘장 너머에서 풍겨져 나오는 진득한 살기에 이곳에 자리한 두 명의 수하들은 순식간에 딱딱하게 굳어 버렸다.

숨을 쉬기 어려울 정도의 무시무시한 공력이 주변을 잠식해 가고 있었다.

휘장 너머에서 그의 분노 가득한 목소리가 흘러나왔다.

"천무진……!"

너무도 우습게 여겼던 상대.

그런 자에게 지금 자신이 연달아 얻어맞아 버렸다. 더군다나 이번에 들어온 건 상당히 아팠다.

사해도는 자신들의 거사를 완성시키기 위해서는 반드시 있어야 할 거점이었다. 그나마 다행이라면 그 같은 실험을 하고 있는 곳이 사해도 하나만은 아니라는 거다.

그럼에도 불구하고 지금 입은 이 피해는 상당히 컸다.

그가 중얼거렸다.

"하늘 무서운 줄 모르고 계속 날뛰는구나."

마음 같아서는 당장이라도 찢어 죽이고 싶었지만, 아쉽게도 아직은 그럴 수 없는 이유가 있었다.

허나 그렇다고 해서 그냥 당해 주기만 할 수는 없었다.

맞았으면 갚아 준다.

그것이 바로 상대에게 얕보이지 않는 방법이니까.

그가 입을 열었다.

"일전에 준비해 두라고 한 일은 어찌 되어 가고 있지?"

"이미 어느 정도 이야기는 다 된 상태입니다. 명령만 내리시면 곧바로 실행하겠습니다."

"좋아, 그럼 연락을 취해. 이제 움직일 때라고."

"알겠습니다."

"아, 작전의 일부는 바뀐다. 그에 맞춰 계획도 조금 수정하도록 해."

"어떻게 말입니까?"

물어 오는 수하의 질문에 휘장 안쪽의 인물이 잠시 침묵하다 서서히 입을 열었다.

"청아원을 건드린 별동대가 곧장 복귀한다고 했던가? 그렇다면 아마 그 안에 천무진은 없겠군. 그놈은 사해도로 갔을 테니까."

"사해도를 무너트린 것이 천무진이 맞다면 분명 그럴 겁니다."

"그놈일 게야. 확실해."

위치나, 모든 걸 보았을 때 의심할 수 있는 건 오직 천무진뿐이다.

그런 지금 그가 내릴 수 있는 선택.

휘장 안에서 섬뜩한 목소리가 천천히 흘러나왔다.

"그 별동대 놈들의 목숨으로…… 무림맹주를 죽인다."

수하들은 눈을 크게 치켜떴다.

그가 하고자 하는 말의 의미를 곧바로 알아차릴 수 있었으니까.

사내 하나가 짧게 답했다.

"명 받듭니다."

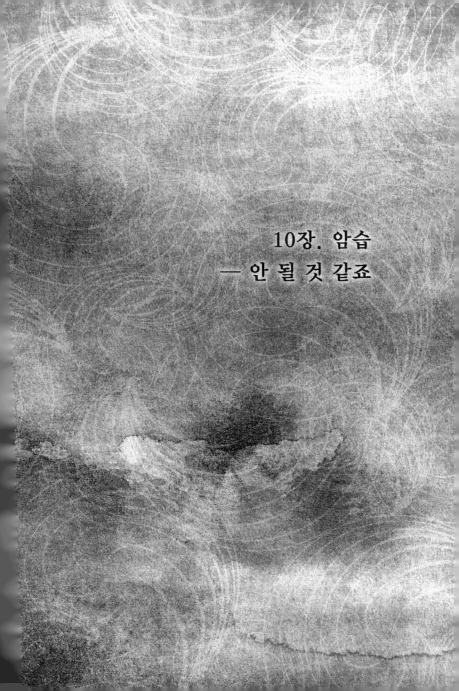

10장. 암습
— 안 될 것 같죠

　무림맹의 별동대는 빠르게 본거지로 돌아가고 있었다.
별동대를 이끌며 나름 혁혁한 공을 세운 이지강이었지
만⋯⋯.

　늦은 밤, 보초를 서는 수하들을 제외한 모두가 잠이 들었
을 시간에도 그는 천막 근처를 서성이고 있었다.

　가만히 서서 밤하늘을 올려다보던 이지강이 나지막한 한
숨을 내쉬었다.

　"하아."

　위험에 처했던 아이들을 구해 냈고, 세상에 있어선 안 될
청아원이라는 곳을 박살 내는 데 일조했다.

분명 너무나 뿌듯한 일을 해냈거늘 그럼에도 불구하고 마음 한편이 계속해서 불편한 건 역시나 그곳에 두고 온 천무진 일행 때문이리라.

선뜻 따라가겠다며 나섰던 셋과는 달리 이지강은 사해도로 들어가겠다는 천무진을 두고 무림맹으로 돌아가는 중이었다.

왠지 모르게 동료를 두고 도망친 듯한 기분에 그는 계속해서 기분이 좋지 못했다.

별동대의 수장으로서 수하들의 목숨 또한 그가 책임져야 할 몫이었기에, 그는 너무도 무모한 작전에 수하들을 투입하지 못한다는 반대의 의견을 냈다.

차라리 무림맹 쪽에 연락을 취해 확실한 지원 병력을 받자며 말이다.

물론 자신도 알고 있었다.

그런 시간이 주어진다면 상대가 도망칠 거라는 것 정도는. 허나 알면서도 그럴 수밖에 없는 것.

그것이 바로 무리를 이끄는 수장으로서 내려야 할 어쩔 수 없는 선택이었고, 그걸 알기에 천무진 또한 이지강을 탓하지 않았다.

이지강은 자신의 손바닥을 내려다봤다.

'그들이 부럽군그래.'

백아린과 한천, 그리고 단엽까지.

자신과는 달리 곧장 천무진을 따라간 그 세 사람의 모습이 떠오름과 동시에 부러움이 밀려들었다.

차라리 자신도 그렇게 혼자였다면 그것이 굉장히 위험한 일이라고 해도 몸을 던졌을 게다. 정말로 해야 하는 일이라는 생각이 들었으니까.

별이 가득한 밤하늘로 다시금 시선을 돌린 이지강이 나지막이 중얼거렸다.

"무사하십니까?"

너무도 무모해 보이는 임무였다.

고작 네 명이서 사해도를 치겠다니…… 그곳에 있는 흑마련은 결코 우습게 볼 수 있는 존재가 아니었다. 허나 그럼에도 불구하고 일말의 가능성이 있다 생각하는 이유는 그곳에 들어간 이들 중 일부가 너무 특별하다는 걸 알기 때문이다.

천룡성의 천무진.

그리고 대홍련의 부련주 단엽까지.

나머지 적화신루의 두 사람에 대해서는 잘 모르지만 그래도 일정 수준 이상의 실력자라는 건 파악한 상황.

머리는 복잡했지만 이지강은 자신의 선택을 후회하지는 않았다. 지금 자신의 위치에서 옳은 판단을 내린 거라는 확신이 있어서다.

아쉬움과 미안함이 공존하는 묘한 기분이 드는 지금, 자신이 해야 할 일이 무엇인지 이지강은 너무도 잘 알았다.

빠르게 무림맹으로 복귀하고 그곳에서 있었던 일들을 상세히 많은 이들에게 알려야 한다.

그리고 이 일에 개입되어 있을 이들을 발본색원하여 다시는 무림에 이런 끔찍한 일이 자행되지 않도록 해야 했다.

그것이 천무진 일행을 그곳에 두고 온 자신이 할 수 있는 최선의 도움이었다.

긴 시간 밤하늘을 올려다보던 이지강이 막 몸을 돌렸을 때였다.

투둑, 투둑.

소리와 함께 떨어져 내리는 빗방울을 느낀 그가 재차 고개를 돌렸다. 평온해 보였던 하늘에서 조금씩 빗방울이 쏟아져 내리고 있었다.

'이런, 비인가?'

이지강은 다들 곤한 잠에 빠져 있을 시간 찾아온 비가 그리 반갑지 않았다. 쏟아지는 빗방울이 가볍길 바랐거늘, 그런 그의 바람을 비웃기라도 하는 듯이 빗줄기는 순식간에 두꺼워졌다.

두두두두두!

대지를 두드리듯 쏟아져 내리는 비 때문에 잠에 빠져 있던 별동대 무인들은 하나둘씩 천막 바깥으로 걸어 나왔다. 간단하게 세워 둔 천막으로 버텨 낼 수준의 비가 아니었다.

긴 여정으로 인해 피곤했던 그들은 수면까지 방해받자 무척이나 짜증스러운 표정들이었다.

방금 천막에서 걸어 나온 당자윤 또한 마찬가지였다.

그는 순식간에 머리를 적시는 빗방울들에 머리끝을 툭툭 치며 중얼거렸다.

"젠장, 끝까지 마음에 드는 거 하나 없네."

처음 알던 것과는 다른 임무를 수행하게 된 그때부터 계속 불만을 품어 왔던 그다. 어쩌다 보니 중요한 일을 잘 끝마치긴 했지만 그게 자신의 공로가 될 것 같아 보이진 않았다.

뭔가 다른 누군가가 움직이고 자신은 그저 뒷마무리만 한 느낌이랄까?

거기다가 같이 움직여야 할 천무진과 백아린이 갑자기 모습을 감췄다. 혹시나 청아원의 싸움에서 무슨 일이 생긴 건 아닐까 했지만, 또 그건 아닌 모양이었다.

대체 그 둘이 무슨 임무로 사라진 건지는 모르겠지만 그 또한 당자윤은 마음에 들지 않았다.

왠지 모르게 별동대 대장 이지강이 그 둘을 특별 대우해 준다는 느낌이 들어서다.

불만스러운 표정으로 당자윤이 멀리에 서 있는 이지강을 바라보고 있는 그때였다.

"어떻게 할까요? 쉽게 그칠 비는 아닌 것 같습니다."

이지강에게 다가가 말을 건 것은 삼조 조장인 남궁격이었다. 그의 물음에 잠시 생각에 잠겼던 이지강이 한숨과 함께 말을 내뱉었다.

"아무래도 쉬기는 그른 것 같군."

"떠날 채비를 하라 명할까요?"

"그래 주겠는가? 아무래도 움직여야 할 것 같아."

"알겠습니다. 그럼 곧바로 혜정 신니에게도 전하도록 하지요."

"부탁함세. 모두에게 좀 고생스럽겠지만 지금 움직이고, 대신 오늘 저녁엔 좀 일찍 객잔을 찾아 쉬며 여독을 풀 수 있는 방향으로 가지."

"그리하겠습니다."

말을 끝낸 남궁격은 곧바로 다가오던 혜정에게 다가가 이지강의 뜻을 전했고, 곧바로 수하들에게 떠날 채비를 하라는 명령을 내렸다.

아직 해가 뜨기엔 이른 시각.

지금 움직인다는 사실이 불만스럽긴 했지만 이지강의 판단대로 어차피 이 상태라면 잠을 자는 것도 어렵다.

차라리 지금 더 빠르게 움직여 저녁에 보다 편한 잠자리에 드는 것이 이득이었다.

결국 잠자리에 든 지 두 시진도 채 되지 않아 별동대들은 다시금 짐을 싸서 움직여야만 했다. 예상대로 빗줄기는 점점 거세졌고, 이내 비는 한 치 앞을 분간하기 어려울 정도로 거칠게 쏟아져 내렸다.

쏟아지는 비 때문에 바닥은 금세 질척질척해졌고, 말을 타고 빠르게 달리는 것 또한 어려워졌다. 자연스레 말의 속도를 늦추면서 일행들의 움직임 또한 더뎌질 수밖에 없었다.

그렇게 반 시진 가까운 시간을 움직이며 이지강은 걱정스러운 표정으로 하늘을 올려다봤다.

'이대로 가다가는 오늘 밤에도 객잔에서 쉬는 것은 어려울 터인데……'

신경은 쓰였지만 지금으로써는 그저 나아가는 것 말고는 할 수 있는 게 없는 상황, 그저 묵묵히 별동대를 이끌고 목적지를 향해 움직일 뿐이었다.

그렇게 빗길을 뚫고 나아가던 이지강의 시선에 맞은편에서 멈춰 서 있는 달구지 하나가 들어왔다.

소가 끌고 있는 달구지에는 커다란 짐 몇 개가 올라가 있었고, 그 주변으로 세 명의 사내들이 자리하고 있었다.

그들은 쏟아지는 비로 인해 웅덩이에라도 빠졌는지 움직이지 못하는 중이었다.

선두에 선 사내가 버럭 소리쳤다.

"아, 거 피죽도 못 먹었는가. 뒤에서 좀 힘껏 밀라니까!"

"그리 쉬워 보이면 자네가 와서 한번 해 보게. 구덩이가 얼마나 깊은지 씨알도 안 먹혀."

쏟아지는 비를 막기 위해 죽립과 우의로 둘러싼 그들의 목소리가 크게 울려 왔다. 그런 그들을 향해 별동대 무인들이 다가갈 때였다.

마찬가지로 기척을 느껴서인지 세 명의 사내는 다가오는 별동대를 향해 고개를 돌렸다가 움찔했다.

칼을 차고 다니는 무인 수십여 명이 늦은 밤 모습을 드러냈으니 놀라는 건 당연한 일이었다.

무슨 일인가 확인하려는 듯 남궁격이 말에서 뛰어내려 먼저 다가갔다.

세 사내가 놀란 듯 주춤거릴 때였다.

남궁격이 손을 들어 올리며 걱정 말라는 듯 말했다.

"겁먹지 마시오. 무림맹의 무인들이오."

"아……."

그제야 탄성을 토해 낸 그들을 향해 다가간 그가 이내 두리번거리며 물었다.

"무슨 일 있으시오?"

"어구 물건을 옮기는 길에 이놈의 바퀴가 구덩이에 푹 빠졌지 뭡니까. 하필이면 비가 이렇게 억수같이 쏟아져서 구멍이 있는지 모르고 지나가다 이런 사고가 났습니다요."

"흐음."

가볍게 상태를 살핀 남궁격이 고개를 끄덕이며 걱정 말라는 듯 말했다.

"내가 도와줄 테니 비켜들 있으시오."

"바, 방법이 있으십니까?"

"이 정도야 무인인 나에게는 그리 어려운 일이 아니오."

남궁격이 혹시 다칠지도 모른다며 물러서라는 듯 손짓했고, 그 세 명의 사내가 서둘러 옆으로 움직였다. 사내들이 자연스레 무림맹 무인들이 있는 쪽으로 다가온 그때 남궁격이 달구지를 움켜잡고 힘을 불어넣었다.

드드득.

꽤나 무거운 짐이 실려 있는 마차를 남궁격은 손쉽게 구덩이 바깥으로 들어 올렸다.

그런 그를 보며 사내들이 감탄하며 박수를 쳤다.

"역시 무림맹 무인 분들은 보통 분들이 아니시라더니 실로 대단하군요."

놀랍다는 듯 중얼거리는 그를 향해 말 위에 자리하고 있던 이지강이 입을 열었다.

"이 늦은 시간에 어디들 가는 겐가?"

"인근 마을에 팔 물건이 있어서 일찍부터 움직이던 중이었습니다. 그런데 하필이면 비를 만나 가지고 일정이 이렇게 꼬였지 뭡니까."

웃으며 말하는 사내를 지그시 바라보던 이지강이 툭 말을 내뱉었다.

"뭘 팔려고?"

"아…… 소금, 소금입니다."

사내가 서둘러 대답했다.

여전히 죽립 아래 보이는 웃고 있는 입꼬리.

그런 상대를 바라보던 이지강이 마찬가지로 피식 웃으며 입을 열었다.

"재미있는 친구로군. 이렇게 비 오는 날에 소금이라……."

의미심장해 보이는 그 한마디에 웃고 있던 사내의 입꼬리가 움찔했다. 자신이 내뱉은 말에 결정적인 오류가 있다는 사실을 알아차려서다.

그는 방금 저 볏짚을 꼬아 만든 부대 자루에 소금이 담겨 있다고 말했다.

하지만 소금이 물과 만나게 되면…… 녹아 없어지는 건

너무도 간단한 이치다.

그리고 현재 부대 자루는 아무런 방비도 없이 방치해 둔 탓에 흠뻑 젖은 지 오래였다. 당연히 안의 소금은 녹아서 사라지고도 남았을 상황이라는 거다.

이지강의 말을 아무렇지 않게 듣고 있던 무림맹의 별동대원들이었지만, 그들 또한 이내 이지강의 말뜻을 알아차렸다.

별동대원들이 놀란 듯 눈을 치켜뜨는 그 순간 이지강이 다시 입을 열었다.

"아무래도 물건을 팔러 간다는 건 거짓말 같고 우리를 기다린 게냐?"

세 명의 사내들은 잠시 서로를 바라봤다.

그러고는 이내 계속해서 말을 이어 가던 사내가 입을 열었다.

"……들켰네. 이러면 안 되는데 말이지."

스르르릉.

걱정스러워 보이는 말투. 하지만 그의 움직임에는 거칠 것이 없어 보였다. 고작 세 명뿐이었지만 여기 있는 별동대 무인들과는 그 급이 달랐다.

처음부터 일부러 정체를 숨기고 접근했다.

조금 더 쉽게 일을 마무리 지으려 했기 때문이다.

상대들을 방심하게 만들어 거리를 좁히고, 이렇게 도움을 받은 후 옆을 지나쳐 가는 그때 순간적으로 기습을 하여 별동대 수장 이지강의 숨통을 끊으려던 것이 원래의 계획이었다.

허나 이지강의 질문에 실수로 대답을 하며 그 모든 것이 어그러졌다.

하지만…… 상관없었다.

어차피 결과는 같을 테니까.

그자가 별동대들을 향해 검을 겨눈 채로 말했다.

"자, 무림맹의 귀하신 분들. 여기서 죽어 달라고."

그의 손에 들린 검이 섬뜩하게 빛났다.

*　　　*　　　*

천무진 일행이 타고 있는 배는 광동성의 선착장으로 들어섰다. 단엽의 부탁대로 최대한 운남성과 가까운 곳에 위치한 방진이라는 마을이었다.

갈 때는 하루 정도밖에 걸리지 않았지만, 위치를 아예 바꾸는 통에 제법 먼 거리를 움직여야 했고 배 위에서 사흘에 가까운 시간을 보내야만 했다.

하지만 다행히도 바람이 도와준 덕분에 시간은 꽤나 단

축된 상황이었다.

배가 선착장으로 들어선 이후, 백아린을 통해 적화신루가 곧장 움직였다.

그들은 가장 먼저 백방으로 의원을 구했고, 더불어 대홍련의 도움을 받기 위해 그들에게도 연락을 취했다. 이틀 만에 어느 정도 뒤처리를 끝낸 천무진 일행은 곧바로 무림맹이 있는 사천을 향해 움직이기 위해 준비를 하고 있었다.

떨어진 식량을 채웠고, 미리 봐 뒀던 마차까지 준비가 끝이 났다.

순식간에 짐을 싣는 것까지 마친 일행들이 떠나기 위해 막 마차로 올라서는 그때였다.

"총관님!"

헐레벌떡 뛰어오는 이는 이곳 방진에서 백아린의 명령을 수행하던 동추라는 자였다. 서른 중반의 젊은 나이이었지만 눈치가 좋고 일 처리가 제법 빠른 사내였다.

이미 마차에 올라타 있던 백아린이 창문을 통해 그와 시선을 마주쳤다.

숨이 터질 듯 달려온 동추가 헉헉거리며 말했다.

"다행입니다. 떠나셨으면 어떻게 하나 걱정했는데 아직 계셨군요."

"무슨 일 있어요?"

"계속 움직임을 예의 주시해 달라고 하셨던 무림맹 별동대의 일입니다."

"어제 들었잖아요. 광서성 평과(平果) 인근을 지나쳤다고……."

애초에 헤어지기 직전 백아린은 적화신루를 통해 미리 의뢰를 넣어 둔 상태였다. 무림맹 별동대의 움직임을 최대한 따라가 달라고.

상황에 따라 합류를 해야 할 수도 있었기에 어느 정도 이동 경로와 속도를 파악해 두려 했던 것이다.

그랬기에 이곳에 온 이후에도 몇 차례 무림맹 무인들의 이동 경로와 지금의 대략적 위치에 대해 전달받았었다.

거기다 그들에 대한 이야기라면 그리 급할 것도 없다 생각했던 백아린이었는데, 지금 동추가 이리 다급히 나타난 것이다.

이해가 안 된다는 듯한 그녀의 모습에 그가 곧장 말을 받았다.

"예, 그랬죠. 그런데 그 보고 이후에 갑자기 별동대가 사라졌답니다."

"……사라져요?"

백아린이 깜짝 놀란 얼굴로 되묻자 동추가 곧바로 답했다.

"네, 저희야 들키지 않기 위해 적당한 거리를 벌리고 흔적을 따라 움직이니 정확한 상황은 아직 파악 중입니다. 다만…… 그 길목에서 싸움의 흔적이 있었답니다."

동추의 말에 마차 안에 가만히 앉아 있던 단엽이 끼어들었다.

"지금 그게 무슨 소리야? 무림맹의 별동대를 누가 건드리기라도 했다는 거야?"

"확실하진 않지만…… 저희 예상으론 그렇습니다."

"하, 어떤 미친놈이 그런 짓을 해?"

단엽이 이해가 안 간다는 듯 말했다.

물론 중간에 구천회에게 잡혀간 적이 있었다. 허나 이곳 광서성에서 가장 큰 세력을 지닌 그들조차도 잡아가기만 했을 뿐 무림맹의 별동대에게 직접적인 해코지를 가하지는 않았다.

그만큼 무림맹의 힘이 강대하기 때문이다.

백아린 또한 단엽과 생각이 같았는지 작게 중얼거렸다.

"구천회는 아닐 텐데……."

"그놈들이 미치지 않고서야 무림맹을 그런 식으로 건드리지는 않겠지."

단엽이 절대 아닐 거라며 확신 어린 말을 내뱉었다.

상황이 이렇게 된 지금 결론은 자연스레 한곳으로 쏠렸다. 백아린이 마차 한편에 조용히 앉아 있는 천무진을 바라봤다.

그녀가 입을 열었다.

"역시…… 그들이겠죠?"

"아마도."

천무진이 짧게 대답했다.

허나 그런 간단한 대답과는 달리 그의 속은 무척이나 복잡했다.

갑작스레 벌어진 생각지도 못한 사건.

그런데 너무도 이상했다.

왜 제거한다 해서 아무런 이득도 볼 수 없는 별동대를 친단 말인가?

허나 결코 이유 없이 움직일 자들이 아니라는 걸 천무진은 잘 알고 있었다.

뭔가 자신이 모르는 꿍꿍이가 있는 게 분명했다.

이미 상황이 이리되었으니 모두가 죽었을 확률이 꽤나 높았지만…….

천무진이 말했다.

"생존자가 있는지 찾아보고 싶은데 가능할까?"

그의 말에 백아린은 곧장 마차 바깥에 자리하고 있는 동추를 바라보며 입을 열었다.

"사라진 곳이 평과 근처라 했죠?"

"마지막 보고가 그곳이었습니다."

"그럼 그쪽에 미리 적화신루의 인원들을 좀 배치해 줘요. 단서를 찾아 두면 더 좋고요. 저희가 가자마자 지원을 받을 수 있도록 미리 손써 주시고요."

"알겠습니다, 총관님."

동추에게 말을 전한 백아린은 곧바로 마차 의자에 기대어 앉으며 밖에 있는 마부에게 큰 목소리로 말했다.

"서둘러서 출발해 주세요."

말이 떨어지기 무섭게 마차가 빠르게 움직이기 시작했다.

순식간에 옆으로 스쳐 지나가는 주변 경관을 바라보며 백아린이 입을 열었다.

"돌아갈 때는 좀 편하게 가나 싶었는데…… 아무래도 안 될 것 같죠?"

그녀의 물음에 천무진이 고개를 끄덕였다.

＊　　　＊　　　＊

무림맹의 별동대가 실종되었다 알려진 곳과 가장 가까운 마을인 평과를 향해 마차는 쉼 없이 달렸다.

다행히도 배를 타고 도착한 곳이 그나마 가까워지는 방향이었기에 시간이 길어지거나 하는 불상사는 발생하지 않았다.

허나 그럼에도 불구하고 거리가 제법 되었기에 도착하는 데는 며칠의 시간이 소요될 수밖에 없었다.

그렇게 도착한 평과.

미리 언질을 해 둔 덕분인지 도착하기 무섭게 보고서가 순식간에 올라왔다.

객잔에 방을 잡고 모인 상황에서 곧바로 보고서부터 확인했다. 백아린이 빠르게 상황을 파악하며 안에 담긴 내용들을 전달했다.

"별로 큰 단서는 없어요. 다만 인근에서 싸웠던 흔적이나 피가 좀 튀어 있는 걸 발견했다고 하는군요. 하필이면 비가 심하게 오는 바람에 흔적이 많이 씻겨 나가 파악하는 게 어렵긴 했는데 아마도 상대는 다섯 미만으로 추정되고요. 시체는 먼저 처리를 했는지 발견하지 못했다는군요."

"다섯……."

무림맹의 무인들이고 그 숫자도 육십에 육박한다.

그 정도의 무인들을 다섯 미만의 인물들로 상대했다는 건 그만큼 그자들의 실력이 뛰어났을 거라는 의미였다.

압도적인 실력 차가 있지 않고서는 감당할 수 있는 숫자가 아니었으니 말이다.

생존자가 있기를 바랐다.

이번 일에 대한 증인이 필요하기도 했지만, 별동대 임무를 위해 나왔던 이들이 모두 죽었다는 사실 자체가 신경 쓰였다.

천무진이 착잡한 얼굴로 물었다.

"그 흔적이 있는 곳이 여기서 먼가?"

"거리가 제법 돼요. 반나절 정도는 가야 하거든요. 왜요? 직접 가 보게요?"

"그래야 할 것 같아."

자신들이 이곳까지 오는 내내 조사를 했던 장소.

특별한 뭔가가 더 나올 확률은 그리 높지 않았지만……
백아린은 고개를 끄덕였다.

"그렇게 해요."

대답을 마친 그녀의 시선이 침상에 드러누워 있는 두 사람에게로 향했다. 못들은 척 자는 시늉을 하는 그들을 향해 백아린이 입을 열었다.

"냉수라도 한 바가지 뿌려 주면 깨려나……."

중얼거리는 소리에 마치 언제 그랬냐는 듯 두 사람의 몸이 반사적으로 침상에서 튕겨져 올랐다. 둘은 자연스레 옆에 두었던 겉옷을 걸치며 서로를 향해 말을 걸었다.

"하하, 이런 깜빡 잠들 뻔했습니다. 그죠?"

"그러게 말이야. 아슬아슬한 순간 정신력으로 딱 일어났다니까."

한천과 단엽이 주고받는 대화를 들으며 백아린은 절로 헛웃음이 흘러나왔다. 저렇게 쿵짝이 잘 맞는 사이도 찾기 어려울 게다.

먼저 자리에서 일어난 그녀가 두 사람을 향해 손짓하며 말했다.

"실없는 소리들 하지 말고 빨리 내려와."

말을 마치자마자 곧장 문을 열고 나가는 그녀의 뒷모습을 보며 단엽이 중얼거렸다.

"하여튼 과격하다니까."

"그게 저희 대장 매력 아니겠습니까? 안 그렇습니까, 천 소협?"

한천이 질문의 방향을 돌리자 자연스레 시선이 자리에서 일어나던 천무진에게로 향했다.

생각지도 못한 질문에 천무진은 당황했다.

"지금 나한테 묻는 거야?"

"그럼요. 여기 다른 천 소협도 있으십니까?"

짓궂어 보이는 한천의 모습에 천무진은 잠시 머뭇거렸다.

백아린의 저런 모습이 어떠냐고?

자신에게 주어진 미래를 바꾸는 것에만 모든 신경을 쏟아 오며 주변에는 그다지 많은 관심을 주지 못했던 천무진이다.

허나…….

"……과격한 건 모르겠는데."

가녀린 모습에선 상상할 수 없는 커다란 대검을 휘두르는 것만큼은 그리 느꼈을 수도 있지만, 성격적인 부분에서는 전혀 그런 느낌을 받았던 적이 없었다.

오히려 아무렇지 않게 주고받는 대화 하나하나에도 상대를 생각하는 배려심이 가득하다는 걸 알게 됐다.

그랬기에 천무진은 백아린과 대화하는 것이 불편하지 않았다.

여인이라면 거리를 둘 수밖에 없는 자신의 상황에서도 이처럼 지근거리를 허락한 상대.

그것엔 그만한 이유가 있는 것이다.

능력적인 면에서도, 인성적인 면에서도.

생각지도 못한 대답에 한천이 눈을 크게 뜨며 되물었다.

"그럼요? 그럼 저희 대장이 어떤데요?"

"그건…….."

대답을 하려던 천무진은 이내 미간을 찌푸렸다.

자신이 이러고 있을 이유가 없다는 사실을 깨달았으니까.

천무진이 퉁명스레 말을 이었다.

"알 거 없어."

말을 끝낸 그가 질문이 이어지는 걸 막기 위해서인지 보다 빠르게 객잔 방을 박차고 나갔다. 순식간에 천무진이 사라져 버리며 남겨진 빈 공간을 바라보며 한천이 괴롭다는 듯 머리카락을 움켜쥐었다.

"아아, 저 뒷말이 궁금한데 말이야. 이거야 원, 뒷간 갔다가 제대로 못 닦고 나온 것처럼 찝찝한 기분이네."

"궁금한 것도 많다. 주인이 너희 대장을 어찌 생각하는지 그게 뭐가 그리 궁금해?"

"당연히 궁금하죠."

말을 마친 한천이 슬그머니 자리에서 일어나 창가로 향했다. 그 창가의 아래쪽에서는 바삐 마차를 정비하고 있는 백아린의 모습이 보였다.

동분서주하고 있는 그녀를 내려다보며 한천이 입가에 따뜻한 미소를 머금었다.

그러고는 이내 작은 목소리로 속삭였다.

"……저 아이가 행복했으면 하니까."

*　　　*　　　*

천무진 일행이 탄 마차는 싸움이 벌어진 흔적이 있는 장소로 곧장 움직였고, 말한 대로 약 반나절 정도의 시간이 지나자 마침내 목적지에 도착할 수 있었다.

그렇게 도착한 장소는 무척이나 평범했다.

마치 아무런 일도 없었던 것처럼.

백아린이 주변을 둘러보다가 입을 열었다.

"비 때문에 흔적이 많이 사라졌다고는 들었는데, 그 며칠 사이에 더 많이 없어진 것 같네요."

검에 잘려져 나간 나무 같은 것이 보이지 않았다면 싸움이 있었다는 사실조차 가늠하기 힘들 정도였다.

천무진은 가만히 선 채로 주변을 둘러보며 상념에 잠겼다.

머리가 복잡했다.

'그들이 이곳에서 별동대를 쳤다. 대체…… 왜?'

그들이 노리는 많은 것들을 천무진으로서는 알 수가 없었다. 허나 확실한 건 본래라면 그 안에 이번 별동대가 있지는 않았을 거라는 거다.

단순히 자신이 청아원과 사해도를 무너트렸다는 이유로 별동대를 건드렸다는 건 상식적으로 말이 되지 않는다.

이 별동대가 사라진다 해서 천무진이 입을 타격은 전혀 없었으니까.

게다가 오랜 시간 스스로를 감춰 오던 그들이 아무런 의미 없는 일에 모습을 드러냈을 리는 만무한 상황.

가만히 주변을 둘러보던 천무진이 백아린에게 물었다.

"누군가 살아 있을 확률은 얼마나 된다고 생각해?"

"……높진 않겠죠."

현실적으로 백아린이 경험해 본 그들은 그리 녹록한 상대가 아니었다. 작정을 하고 움직였다면 그 마수에서 벗어나는 건 결코 쉽지 않았을 게다.

백아린이 물었다.

"어떻게 할래요? 바로 무림맹으로 돌아가서 이 사실을 알릴까요?"

아마도 별동대의 갑작스러운 실종은 아직 무림맹에게까지 전해지지 않았을 것이다. 거리도 거리지만, 이번 임무가 워낙 비밀리에 진행됐기 때문이다.

천무진이 이토록 쉽게 그들이 실종된 사실을 안 건 애초부터 적화신루에게 의뢰해 이들을 전담으로 뒤쫓던 사람들이 있어서 가능했다.

아마 그들이 없었다면 천무진 또한 이런 일을 전혀 몰랐을 게다.

백아린의 질문에 잠시 고민하던 천무진이 입술을 깨물며 말했다.

"삼 일 정도 시간 괜찮겠어? 그냥 떠나기에는 뭔가 찜찜해서."

"삼 일이라면…… 뭐 가능할 것 같아요."

쉽진 않겠지만 밤에도 쉬지 않고 움직이면 삼 일의 시간을 빼더라도 원래의 계획과 비슷하게 무림맹에 도착할 수 있을 것이다.

삼 일이라는 시간.

그 안에 천무진은 무엇이라도 찾아내야만 했다.

*　　　*　　　*

늦은 오후.

평소에 보기 힘든 정파의 수많은 핵심 인물들이 하나둘 모습을 드러내고 있었다. 각 세력을 대표하는 수장도 있었고, 자신이 속한 곳의 대표를 대신하여 모습을 드러낸 이들도 존재했다.

구파일방과 오대세가.

그 외에 수많은 중소 문파의 세력들 모두가 이렇게 모습을 드러낸 건 오늘 있을 회의 때문이었다. 특별한 안건이 있기보다는 주기적으로 있는 그런 회의였다.

분명 별다를 것 없는 회의였는데 회의장 내부에는 알 수 없는 묘한 분위기가 흘렀다.

히죽거리며 웃는 이들이 있는가 하면, 작은 목소리로 대화를 나누는 자도 있었다.

현재 무림맹은 세 개의 세력으로 나뉘어져 있었다.

대표적으로 대립하는 맹주파와 반맹주파.

그리고 그런 둘 중 어디의 손도 들어 주지 않는 중도 세력이 존재했다.

세 개의 세력 중 현재 가장 큰 힘을 자랑하는 건 아직까지는 맹주파였다. 맹주인 추자후는 훌륭한 무인이었다. 그럼과 동시에 사람을 부릴 줄 아는 능력 또한 출중했다.

당연히 그를 믿고 따르는 이들이 많을 수밖에 없었다.

젊었을 적부터 무림에 이름을 날렸던 그의 단 하나 모자란 점이라면 역시나 배경이었다. 구파일방이나 오대세가 같은 명문정파의 입장에서는 자신들의 세력이 아닌 인물이 무림맹의 수장이라는 사실이 그리 탐탁지 않을 수밖에 없었다.

물론 그들 모두가 추자후와 적대적인 관계를 유지하는 건 아니었지만, 확실히 그중 일부는 오래전부터 대립하며 호시탐탐 다음 맹주 자리를 노리고 있었다.

회의를 위해 회의장에 참석한 무림맹의 군사 위지겸 또한 오늘따라 분위기가 다르다는 느낌을 받았다.

평소였다면 귀찮은 자리에 불려 왔다는 티를 팍팍 내던 몇몇 이들이 희희낙락하고 있는 모양새가 특히나 눈에 거슬렸다.

'그렇게 회의를 좋아하던 작자들이 아닌데 무슨 바람이

붙었나……,'

알 수 없었지만 뭔가 꿍꿍이가 있는 것 같았다.

허나 지금으로선 그 꿍꿍이의 정체를 알 수 없는 노릇.

그저 얼른 회의가 시작되기를 바랄 뿐이었다.

이윽고 회의가 시작될 시간이 찾아온 순간이었다.

쿵쿵.

커다란 북소리가 울렸고, 이내 바깥에 서 있던 수문위사가 크게 소리쳤다.

"맹주님 오십니다!"

그 소리에 자리에 앉아 있던 이들은 몸을 일으켰고, 이야기를 나누던 이들은 침묵했다. 그들은 모두 자세를 잡고 곧 들어올 무림맹의 수장, 추자후를 기다리고 있었다.

이윽고 추자후가 성큼 회의장 안으로 걸어 들어왔다.

그가 걸음을 옮기자 기다리고 있던 이들이 포권을 취하며 예를 갖췄다.

"맹주님을 뵙습니다!"

고함 소리는 하나의 목소리가 되어 회의장 내부를 쩌렁쩌렁 울렸다.

울려 퍼지는 소리 속에서 추자후는 익숙한 듯 자신의 자리로 향했다. 십 년이 훨씬 넘는 긴 시간 동안 이 자리를 지켜 온 추자후다.

그의 몸에서는 비범한 절대자의 기운이 풍겨져 나왔다.

걸음을 옮기던 추자후가 이내 자신의 자리 앞에 서 몸을 돌렸다. 그러고는 준비되어진 곳에 앉고는 곧장 손을 들며 다른 이들에게 말했다.

"다들 앉으시오."

승낙이 떨어지자 그제야 양쪽에 도열해 있던 이들이 각자의 자리에 착석했다.

추자후가 사람 좋아 보이는 미소를 머금은 채로 주변을 두리번거렸다. 한 달에 한 번 정도 있는 회의. 주기가 그리 긴 편은 아니었지만 그럼에도 불구하고 반가운 얼굴들이 몇 보였다.

추자후가 기분 좋다는 듯 입을 열었다.

"오랜만에 보는 이들이 몇 있소. 다들 건강한 듯하니 마음이 좋소이다. 특히 요원(了圓) 자네는 얼마 만에 보는지 모르겠군그래."

"맹주님도 정정하신 걸 보니 저 또한 한결 마음이 좋습니다. 아미타불."

말과 함께 합장을 하는 이는 소림사의 요원이었다. 오십 대의 나이로 방장을 대신하여 이곳에 나온 것이다.

그는 젊었을 적부터 추자후와 함께 싸우며 제법 깊은 우정을 나눈 인물이기도 했다.

그를 보며 추자후가 가볍게 농담 섞인 말을 던졌다.

"오랜만에 만난 지기인데 하필이면 그게 스님이라 술 한 잔하자고 하기도 뭐하고 말이야. 안 그렇소?"

"하하하!"

추자후의 말에 많은 이들이 웃음을 터트렸다.

그리고 마찬가지로 웃는 얼굴을 한 요원이 화답했다.

"저야 땡중이니 너무 걱정하지 마시지요, 맹주님."

"그 말에 내가 몇 번을 속았는지 원. 자네와 술 마시는 건 이제 포기일세."

가벼운 농담으로 분위기를 푼 추자후는 슬쩍 반대편으로 시선을 돌렸다. 화기애애한 분위기를 보여 주는 곳과는 대조적으로 웃고는 있지만, 왠지 모를 싸늘한 시선이 쏟아지는 곳.

반맹주파들이 자리하고 있는 장소였다.

핑계를 대면서 종종 참석을 안 하던 이들도 있었거늘 오늘따라 모두가 빼곡하게 자리를 채워 주고 있는 모양새가 어쩐지 의심스러웠다.

하지만 이내 그쪽에게서 관심을 떼며 언제나처럼 회의를 시작하기 위해 추자후가 입을 열었다.

"자, 그럼 회의를 시작해 보겠소. 첫 번째는……."

바로 그때였다.

착석해 있던 인물들 중 하나가 천천히 몸을 일으켜 세웠다. 그러고는 이내 추자후를 향해 포권을 취하며 짧게 예를 갖추고는 입을 열었다.

"회의를 시작하기에 앞서 하나 말씀드리고 싶은 것이 있는데 이야기를 꺼내도 되겠습니까?"

말을 꺼낸 이는 반맹주파에서도 나름 입김이 있는 종남파 소속의 무인, 양승필(量繩筆)이라는 자였다.

해 보라는 듯 추자후가 고개를 끄덕이자 기다렸다는 듯 그가 말했다.

"맹주님께 하나 확인받고 싶습니다."

"그게 무엇이오?"

추자후의 말에 양승필이 입꼬리를 씰룩이며 말을 받았다.

"지금 그 자리에…… 맹주님이 앉아 계실 자격이 있으신지를 말입니다."

생각지도 못한 도발에 추자후의 눈썹이 꿈틀했다.

이 자리에 있으면서 반대하는 이들에게 몇 차례고 기분 나쁜 소리를 들었던 경험이 있었다.

하지만 이렇게 대놓고 적의를 드러내는 건…… 이번이 처음이었다.

추자후가 피식 웃었다.

'뭔지 몰라도 내 목을 물어뜯어 볼 준비가 되었다, 이건 가?'

하지만…….

그가 편안하게 의자에 기대어 앉으며 아무렇지 않은 표정을 지어 보였다.

백전노장에게서나 풍겨져 나올 수 있는 여유였다. 추자후가 여전히 웃는 얼굴로 양승필을 응시했다.

추자후의 웃는 눈동자가 말하고 있었다.

자신을 무는 건 쉽지 않을 거라고.

〈다음 권에 계속〉